名家笔下的四季

姚宏越 编

气象出版社
China Meteorological Press

图书在版编目（CIP）数据

名家笔下的四季 / 姚宏越编 . —北京：气象出版社，2021.1
ISBN 978-7-5029-7232-5

Ⅰ . ①名… Ⅱ . ①姚… Ⅲ . ①散文集—中国—当代 Ⅳ . ① I267

中国版本图书馆 CIP 数据核字（2020）第 130771 号

名家笔下的四季

MINGJIA BIXIA DE SIJI

姚宏越　编

出版发行：气象出版社
地　　址：北京市海淀区中关村南大街 46 号　　邮政编码：100081
电　　话：010-68407112（总编室）　　010-68408042（发行部）
网　　址：http://www.qxcbs.com　　E-mail：qxcbs@cma.gov.cn
责任编辑：王　聪　　　　　　　　　　　终　审：张　斌
责任校对：张硕杰　　　　　　　　　　　责任技编：赵相宁
封面设计：郝　强
印　　刷：三河市百盛印装有限公司
开　　本：889 mm × 1194 mm　1/32　　　印　张：5.25
字　　数：110 千字
版　　次：2021 年 1 月第 1 版　　　　　印　次：2021 年 1 月第 1 次印刷
定　　价：32.80 元

本书如存在文字不清、漏印以及缺页、倒页、脱页等，请与本社发行部联系调换。

目 录

001 · 北平的春天 —— 周作人
005 · 春的欢悦与感伤 —— 夏丏尊
007 · 春的林野 —— 许地山
009 · 五月的北平 —— 张恨水
014 · 窗外的春光 —— 庐 隐
018 · 乡下人的春天 —— 老 向
022 · 春 —— 朱自清
024 · 大明湖之春 —— 老 舍
028 · 春来忆广州 —— 老 舍
031 · 五月的青岛 —— 老 舍
034 · 刺激的春天 —— 张若谷
037 · 又是一年春草绿 —— 梁遇春
041 · 巴黎的春天 —— 邵洵美
044 · 春的心 —— 丽 尼
046 · 据说春光又到了人间 —— 徐国桢

001

049 · 南国的五月 —————————————— 唐锡如

052 · 夏三虫 ———————————————— 鲁　迅
054 · 一个夏天的故事 ———————————— 夏丏尊
056 · 燕居夏亦佳 —————————————— 张恨水
058 · 夏天的瓶供 —————————————— 周瘦鹃
061 · 夏的歌颂 ——————————————— 庐　隐
063 · 扬州的夏日 —————————————— 朱自清
067 · 等暑 ————————————————— 老　舍
069 · 避暑 ————————————————— 老　舍
073 · 暑中杂谈二则 ———————————— 老　舍
076 · 初夏的一日 —————————————— 钱歌川

082 · 秋夜 ————————————————— 鲁　迅
085 · 腊叶 ————————————————— 鲁　迅
087 · 月下谈秋 ——————————————— 张恨水
089 · 故都的秋 ——————————————— 郁达夫
093 · 我愿秋常驻人间 ———————————— 庐　隐
095 · 异国秋思 ——————————————— 庐　隐
100 · 秋阳 ————————————————— 徐志摩

- 102·秋林晚步 —— 王统照
- 106·秋夜吟 —— 郑振铎
- 111·济南的秋天 —— 老舍
- 114·立秋后 —— 老舍
- 116·秋 —— 陆蠡
- 122·秋 —— 丽尼
- 125·秋夜 —— 丽尼

- 128·冬至九九歌 —— 周作人
- 131·白马湖之冬 —— 夏丏尊
- 133·江南的冬景 —— 郁达夫
- 138·冬 —— 陶晶孙
- 143·冬天 —— 朱自清
- 146·济南的冬天 —— 老舍
- 149·冬天的情调 —— 钱歌川
- 155·台南之冬 —— 钱歌川
- 160·冬天 —— 南星

> **引言**
>
> 古人虽说以鸟鸣春,但我觉得还是在别的方面更感到春的印象,即是水与花木。迂阔地说一句,或者这正是活物的根本的缘故吧。小时候,在春天总有些出游的机会,扫墓与香市是主要的两件事,而通行只有水路,所在又多是山上野外,那么这水与花木自然就不会缺少的。

北平的春天

周作人

北平的春天似乎已经开始了,虽然我还不大觉得。立春已过了十天,现在是七九六十三的起头了,布衲摊在两肩,穷人该有欣欣向荣之意。光绪甲辰即一九〇四年小除那时我在江南水师学堂曾作一诗云:

"一年倏就除,风物何凄紧。百岁良悠悠,向日催人尽。既不为大椿,便应如朝菌。一死息群生,何处问灵蠢。"但是第二天除夕我又作了这样一首云:

"东风三月烟花好,凉意千山云树幽,冬最无情今归去,明朝又得及春游。"这诗是一样的不成东西,不过可以表示我总是很爱春天的。春天有什么好呢,要讲它的力量及其道德的意义,最好去查盲诗人爱罗先珂的抒情诗的演说,那篇世界语原稿是由我笔录,译本也是我写的,所以约略都还记得,但是这里誊录自然也更不必了。春天的是官能的美,是要去直接领略的,关门歌颂一无是处,所以这里抽象的话暂且割爱。

且说我自己的关于春的经验,都是与游相关的。古人虽说以鸟鸣春,但我觉得还是在别的方面更感到春的印象,即是水与花木。迂阔地说一句,或者这正是活物的根本的缘故吧。小时候,在春天总有些出游的机会,扫墓与香市是主要的两件事,而通行只有水路,所在又多是山上野外,那么这水与花木自然就不会缺少的。香市是公众的行事,禹庙南镇香炉峰为其代表,扫墓是私家的,会稽的乌石头调马场等地方至今在我的记忆中还是一种代表的春景。庚子年三月十六日的日记云:

"晨坐船出东郭门,挽纤行十里,至绕门山,今称东湖,为陶心云先生所创修,堤计长二百丈,皆植千叶桃垂柳及女贞子各树,游人颇多。又三十里至富盛埠,乘兜轿过市行三里许,越岭,千余级。山上映山红牛郎花甚多,又有蕉藤数株,着花蔚蓝色,状如豆花,结实即刀豆也,可入药。路皆竹林,竹萌之出土者粗于碗口而长仅二三寸,颇为可观。忽闻有声如鸡鸣,阁阁然,山谷皆响,问之轿夫,云系雉鸡叫也。又二里许过一溪,阔数丈,水没及骭,舁者乱流而渡,水中圆石颗颗,大如鹅卵,整洁可喜。行一二里至墓所,松柏夹道,颇称闳壮。方祭时,小雨簌簌落衣袂间,幸即晴霁。下山午餐,下午开船。将进城门,忽天色如墨,雷电并作,大雨倾注,至家不息。"

旧事重提,本来没有多大意思,这里只是举个例子,说明我春游的观念而已。我们本是水乡的居民,平常对于水不觉得怎么新奇，要去临流赏玩一番，可是生平与水太相习了，自有一种情分，仿佛觉得生活的美与悦乐之背景里都有水在，由水而生的草木次之，禽虫又次之。我非不喜禽虫，但它总离不了草木，不但是吃食，也实是必要的寄托，盖即使以鸟鸣春，这鸣也得在枝头或草原上才好，若是雕笼金锁，无论怎样地鸣得起劲，总使人听了索然兴尽也。

　　话休烦絮。到底北平的春天怎么样了呢。老实说，我住在北京和北平已将二十年，不可谓不久矣，对于春游却并无什么经验。妙峰山虽热闹，尚无暇瞻仰，清明郊游只有野哭可听耳。北平缺少水汽，使春光减了成色，而气候变化稍剧，春天似不曾独立存在，如不算它是夏的头，亦不妨称为冬的尾，总之风和日暖让我们着了单袷可以随意徜徉的时候是极少，刚觉得不冷就要热了起来了。不过这春的季候自然还是有的。第一，冬之后明明是春，且不说节气上的立春也已过了。第二，生物的发生当然是春的证据，牛山和尚诗云，春叫猫儿猫叫春，是也。人在春天却只是懒散，雅人称春困，这似乎是另一种表示。所以北平到底还是有它的春天，不过太慌张一点了，又欠腴润一点，叫人有时来不及尝它的味儿，有时尝了觉得稍枯燥了，虽然名字还叫作春天，但是实在就把它当作冬的尾，要不然便是夏的头，反正这两者在表面上虽差得远，实际上对于不大承认它是春天原是一样的。

我倒还是爱北平的冬天。春天总是故乡的有意思，虽然这是三四十年前的事，现在怎么样我不知道。至于冬天，就是三四十年前的故乡的冬天我也不喜欢：那些手脚生冻疮，半夜里醒过来像是悬空挂着似的上下四旁都是冷气的感觉，很不好受，在北平的纸糊过的屋子里就不会有的。在屋里不苦寒，冬天便有一种好处，可以让人家做事，手不僵冻，不必炙砚呵笔，于我们写文章的人大有利益。北平虽几乎没有春天，我并无什么不满意，盖吾以冬读代春游之乐久矣。

> **引言**
>
> 社会越复杂，人事上的不如意越多，结果对于季节的欢悦的事情减少，感伤的事情加多。这情形正像贫家小孩盼新年快到，而做父母的因债务关系想到过年就害怕。

春的欢悦与感伤

夏丏尊

四季之中，向推"春秋多佳日"，而春尤为人所礼赞。

自古就有许多颂扬春的话，春未到先要迎盼，春一去不免依恋。春继冬而至，使人从严寒转入温暖，且为万物萌动的季节，在原始时代，人类的活动与食物都从春开始获得，男女配偶也都在春完成。就自然状态说，春确是值得欢迎的。

可是自然与人事并不一定调和，自古文辞中于"惜春""迎春"等类题材以外，还有"伤春""春怨"等类的题目。"闺中少妇不知愁，春日凝妆上翠楼。忽见陌头杨柳色，悔教夫婿觅封侯。"这是唐人王昌龄的诗。"三分春色二分愁，更一分风雨。"这是宋人叶清臣的词，都是写春的感伤的。其感伤的原因，全在人事之不如意。社会越复杂，人事上的不如意越多，结果对于季节的欢悦的事情减少，感伤的事情加多。这情形正像贫家小孩盼新年快到，而做父母的因债务关系想到过年就害怕。

我每年也曾无意识地以传统的情怀，从冬天盼望春光早些来到。可是真从春天得到春的欢悦的，有生以来，除未经世故的儿时外，可以说并没有几次。譬如说吧，此刻正是三月十三日的夜半，真是所谓春宵了，我却不曾感到春宵的欢喜。一家之中轮番地患着春季特有的流行性感冒，我在灯下执笔写字，差不多每隔一二分钟要听到妻女们的呻吟和干咳一次。邻家收音机和麻雀牌的喧扰声阵阵地刺入我的耳朵，尤使我头痛。至于日来受到的事务上、经济上的烦闷，且不去说它。

都市中没有"燕子"，也没有"垂杨"，局促在都市中的人，是难得见到春日的景物的。前几天吃到油菜心和马兰头的时候，我不禁起了怀乡之念，想起故乡的春日的光景来。我所想的只是故乡的自然界，园中菜花已发黄金色了吧，燕子已回来了吧，窗前的老梅已结子如豆了吧，杜鹃已红遍了屋后的山上了吧……只想着这些，怕去想到人事。因为乡村的凋敝我是知道的，故乡人们的困苦情形我知道得更详细。

宋人张演《社日村居》诗云："鹅湖山下稻粱肥，豚阱鸡栖对掩扉。桑柘影斜春社散，家家扶得醉人归。"这首诗中所写的只是乡村春景的一角，原没有什么了不得，可是和现在的乡间情形比较起来，已好像是以前的事了。

春到人间，据日历上所记已好久了，但是春在哪里呢？有人说"在杨柳梢头"，又有人说"在油菜花间"，也许是的吧，至于我们一般人的身上，是不大有人能找得到的。

> **引言**
>
> 你且听：云雀和金莺的歌声还布满了空中和林中。在这万山环抱的桃林中，除那班爱闹的孩子以外，万物把春光领略得心眼都迷蒙了。

春的林野

许地山

春光在万山环抱里，更是泄露得迟。那里的桃花还是开着；漫游的薄云从这峰飞过那峰，有时稍停一会儿，为的是挡住太阳，教地面的花草在它的荫下避避光焰的威吓。

岩下的荫处和山溪的旁边长满了薇蕨和其他凤尾草。红、黄、蓝、紫的小草花点缀在绿茵上头。

天中的云雀，林中的金莺，都鼓起它们的舌簧。轻风把它们的声音挤成一片，分送给山中各样有耳无耳的生物。桃花听得入神，禁不住落了几点粉泪，一片一片凝在地上。小草花听得大醉，也和着声音的节拍一会儿倒，一会儿起，没有镇定的时候。

林下一班孩子正在那里捡桃花的落瓣哪。他们捡着，清儿忽嚷起来，道："嘎[①]，邕邕来了！"众孩子住了手，都向桃林的尽头盼望。果然邕邕也在那里摘草花。

清儿道："我们今天可要试试阿桐的本领了。若是他能办得到，我们都把花瓣穿成一串璎珞围在他身上，封他为

[①] 嘎同啊。——编者注。

大哥如何？"

众人都答应了。

阿桐走到邕邕面前，道："我们正等着你来呢。"

阿桐的左手盘在邕邕的脖上，一面走一面说："今天他们要替你办嫁妆，教你做我的妻子。你能做我的妻子吗？"

邕邕狠视了阿桐一下，回头用手推开他，不许他的手再搭在自己脖上。孩子们都笑得支持不住了。

众孩子嚷道："我们见过邕邕用手推人了！阿桐赢了！"

邕邕从来不会拒绝人，阿桐怎能知道一说那话，就能使她动手呢？是春光的荡漾，把他这种心思泛出来呢？或者，天地之心就是这样呢？

你且看：漫游的薄云还是从这峰飞过那峰。

你且听：云雀和金莺的歌声还布满了空中和林中。在这万山环抱的桃林中，除那班爱闹的孩子以外，万物把春光领略得心眼都迷蒙了。

> **引言**
>
> 在五月里,你如登景山之巅,对北平城作个鸟瞰,你就看到北平市房全参差在绿海里。这绿海就大部分是槐树造成的。

五月的北平

张恨水

能够代表东方建筑美的城市,在世界上,除了北平,恐怕难找第二处了。描写北平的文字,由国文到外国文,由元代到今日,那是太多了,要把这些文字抄写下来,随便也可以出百万言的专书。现在要说北平,那真是一部廿四史,无从说起。若写北平的人物,就以目前而论,由文艺到科学,由最崇高的学者到雕虫小技的绝世能手,这个城圈子里,也俯拾即是,要一一介绍,也是不可能。北平这个城,特别能吸收有学问、有技巧的人才,宁可在北平为静止得到生活无告的程度,他们不肯离开。不要名,也不要钱,就是这样穷困着下去。这实在是件怪事。你又叫我写哪一位才让圈子里的人过瘾呢?

静的不好写,动的也不好写,现在是五月(旧的历法是四月),我们还是写点五月的眼前景物吧。北平的五月,那是一年里的黄金时代。任何树木,都发生了嫩绿的叶子,处处是绿荫满地。卖芍药花的担子,天天摆在十字街头。洋槐树开着其白如雪的花,在绿叶上一球球地顶着。

街，人家院落里，随处可见。柳絮飘着雪花，在冷静的胡同里飞。枣树也开花了；在人家的白粉墙头，送出兰花的香味。北平春季多风，但到五月，风季就过去了（今年春季无风）。市民开始穿起夹衣，在不暖的阳光里走。北平的公园，既多又大。只要你有工夫，花不成其为数目的票价，亦可以在锦天铺地、雕栏玉砌的地方消磨一半天。

照着上面所谈，这范围还是太广，像看《四库全书》一样。虽然只成个提要，也觉得应接不暇。让我来缩小范围，只谈一个中人之家吧。北平的房子，大概都是四合院。这个院子，就可以雄视全国建筑。洋楼带花园，这是最令人羡慕的新式住房。可是在北平人看来，那太不算一回事了。北平所谓大宅门，哪家不是七八上下十个院子？哪个院子里不是花果扶疏？这且不谈，就是中产之家，除了大院一个，总还有一两个小院相配合。这些院子里，除了石榴树、金鱼缸，到了春深，家家由屋里度过寒冬搬出来。而院子里的树木，如丁香、西府海棠、藤萝架、葡萄架、垂柳、洋槐、刺槐、枣树、榆树、山桃、珍珠梅、榆叶梅，也都成人家普通的栽植物，这时，都次第开过花了。尤其槐树，不分大街小巷，不分何种人家，到处都栽着有。在五月里，你如登景山之巅，对北平城作个鸟瞰，你就看到北平市房全参差在绿海里。这绿海就大部分是槐树造成的。

洋槐传到北平，似乎不出五十年。所以这类树，树木虽也有高到五六丈的，都是树干还不十分粗。刺槐却是北平的土产，树兜可以合抱，而树身高到十丈的，那也很是平常。洋槐是树叶子一绿就开花，正在五月，花是成球地开着，串子不长，远望有些像南方的白绣球。刺槐是七月开花，都是一串串有刺，像藤萝（南方叫紫藤），不过是白色的而已。洋槐香浓，刺槐不大香，所以五月里草绿油油的季节，洋槐开花，最是凑趣。

在一个中等人家，正院子里可能就有一两株槐树，或者是一两株枣树。尤其是城北，枣树逐家都有，这是"早子"的谐音，取一个吉利。在五月里，下过一回雨，槐叶已在院子里着上一片绿荫。白色的洋槐花在绿枝上堆着雪球，太阳照着，非常好看。枣子花是看不见的，淡绿色，和小叶的颜色同样，而且它又极小，只比芝麻大些，所以随便看不见。可是它那种兰蕙之香，在风停日午的时候，在月明如昼的时候，把满院子都浸润在幽静淡雅的境界。假使这人家有些盆景（必然有），石榴花开着火星样的红点，夹竹桃开着粉红的桃花瓣，在上下皆绿的环境中，这几点红色，娇艳绝伦。北平人又爱随地种草本的花籽，这时大小花秧全都在院子里拔地而出，一寸到几寸长的不等，全表示了欣欣向荣的样子。北平的屋子，对院子的一方面，照例下层是土墙，高二三尺，中层是大玻璃窗，玻璃大得与百货店的货窗相等，上层才是花格活窗。桌子靠墙，总是在大玻璃窗下。主人翁若是读书伏案写字，一望玻璃窗外的绿色，映入眉宇，那实在是含有诗情画意的，而且这样的点缀，并不花费主人什么钱的。

　　北平这个地方，实在适宜于绿树的点缀，而绿树能亭亭如盖的，又莫过于槐树。在东西长安街，故宫的黄瓦红墙，配上那一碧千株的槐林，简直就是一幅彩画。在古老的胡同里，四五株高槐，映带着平正的土路，低矮的粉墙。行人很少，在白天就觉得其意幽深，更无论月下了。在宽平的马路上，如南北池子，如南北长街，两边槐树整齐划一，连续不断，有三四里之长，远远望去，简直是一条绿街。在古庙门口，红色的墙，半圆的门，几株大槐树在庙外拥立，把低矮的庙整个罩在绿荫下，那情调是肃穆典雅的。在伟大的公署门口，槐树分立在广场两边，好像排列着伟大的仪仗，又加重了几分雄壮之气。太多了，我不能一一介绍出来，有人说五月的北平是碧槐的城市，那却是一点没有夸张。

　　当承平之时，北平人所谓"好年头儿"，在这个日子，也正是故都人士最悠闲舒适的日子。在绿荫满街的当儿，卖芍药花的平头车子整车的花蕾推了过去。卖冷食的担子，在幽静的胡同里叮当作响，敲着冰盏儿，这很表示这里一切的安定与闲静。渤海来的海味，如黄花鱼、对虾，放在冰块上卖，已是别有风趣。又如乳油杨梅、蜜饯樱桃、藤萝饼、玫瑰糕，吃起来还带些诗意。公园里绿叶如盖，三海中水碧如油，随处都是令人享受的地方。但是这些，我不能也不愿往下写。现在，这里是邻近炮火边沿，对南方人来说这里是第一线了。北方人吃的面粉,三百多万元一袋;南方人吃的米,卖八万多元一斤。穷人固然是朝不保夕;中产之家虽改吃糙粮度日,也不知道这糙粮允许吃多久。街上的槐树虽然还是碧净如前,但已失去了一切悠闲的点缀。人家院子里,虽是不花钱的庭树,还依然送了绿荫来,这绿荫在人家不是幽丽,乃是凄凄惨惨的象征。谁实为之?孰令致之?我们也就无从问人。《阿房宫赋》前段写得那样富丽,后面接着是一叹:"秦人不自哀!"现在的北平人,倒不是不自哀,其如他们哀亦无益何!

好一座富于东方美的大城市呀,他整个儿在战栗!好一座千年文化的结晶呀,他不断地在枯萎!呼吁于上天,上天无言;呼吁于人类,人类摇头。其奈之何!

> **引言**
>
> 春风有时也许可怜孩子们的寂寞吧！在那洒过春雨的土地上，吹出一些青草来——有一种名叫"辣辣棍棍"的，那草根有些甜辣的味儿，孩子们常常伏在地上，寻找这种草根，放在口里细细地咀嚼，这可算是春给他们特别的恩惠了！

窗外的春光

庐 隐

几天不曾见太阳的影子，沉闷包围了她的心。今早从梦中醒来，睁开眼，一线耀眼的阳光已映射在她红色的壁上，连忙披衣起来，走到窗前，把洒着花影的素幔拉开。前几天种的素心兰，已经开了几朵淡绿色的瓣儿，衬了一颗朱红色的花心，风致真特别，即所谓"冰洁花丛艳小莲，红心一缕更嫣然"了。同时一股沁人心脾的幽香，喷鼻醒脑，平板的周遭，立刻涌起波动，春神的薄翼，似乎已扇动了全世界凝滞的灵魂。

说不出是喜悦，还是惆怅，但是一颗心灵涨得满满的——莫非是满园春色关不住——不，这连她自己都不能相信；然而仅仅是为了一些过去的眷恋，而使这颗心不能安定吧！本来人生如梦，在她过去的生活中，有多少梦影已经模糊了，就是从前曾使她惆怅过，甚至于流泪的那种情绪，现在也差不多消逝净尽，就是不曾消逝的而在她心头的意义上，也已经变了色调，那就是说从前以为严重得了不得的事,现在看来,也许仅仅只是一些幼稚的可笑罢了!

兰花的清香,又是一阵浓厚地包袭过来,几只蜜蜂嗡嗡地在花旁兜着圈子,她深切地意识到,窗外已充满了春光;同时二十年前的一个梦影,从那深埋的心底复活了:

一个仅仅十岁的孩子,为了脾气的古怪,不被家人们了解,于是把她送到一所囚牢似的教会学校去寄宿。那学校的校长是美国人——一个五十岁的老处女,对于孩子们管得异常严厉,整月整年不许孩子走出那所筑建庄严的楼房外去。四围的环境又是异样的枯燥,院子是一片沙土地;在角落里时时可以发现被孩子们踏陷的深坑,坑里纵横着人体的骨骼,没有树也没有花,所以也永远听不见鸟儿的歌曲。

春风有时也许可怜孩子们的寂寞吧!在那洒过春雨的土地上,吹出一些青草来——有一种名叫"辣辣棍棍"的,那草根有些甜辣的味儿,孩子们常常伏在地上,寻找这种草根,放在口里细细地咀嚼,这可算是春给他们特别的恩惠了!

那个孤零的孩子,处在这种阴森冷漠的环境里,更是倔强,没有朋友,在她那小小的心灵中,虽然还不曾认识什么是世界;也不会给这个世界一个估价,不过她总觉得自己所处的这个世界,是有些乏味;她追求另一个世界。在一个春风吹得最起劲的时候,她的心也燃烧着更热烈的希冀。但是这所囚牢似的学校，那一对黑漆的大门仍然严严地关着，就连从门缝看看外面的世界，也只是一个梦想。于是在下课后，她独自跑到地窖里去，那是一个更森严可怕的地方，四围是石板做的墙，房顶也是冷冰冰的大石板，走进去便有一股冷气袭上来，可是在她的心里总觉得比那死气沉沉的校舍多少有些神秘性吧。最能引诱她当然还是那几扇矮小的窗子，因为窗子外就是一座花园。这一天她忽然看见窗前一丛蝴蝶兰和金钟罩已经盛开了，这算给了她一个大诱惑，自从发现了这窗外的春光后，这个孤零的孩子，在她生命上，也开了一朵光明的花。她每天一只猫儿般，只要有工夫，便蜷伏在那地窖的窗子上，默然地幻想着窗外神秘的世界。

　　她没有哲学家那种富有根据的想象，也没有科学家那种理智的头脑，她小小的心，只是被一种天所赋予的热情紧咬着。她觉得自己所坐着的这个地窖，就是所谓人间吧——一切都是冷硬淡漠，而那窗子外的世界却不一样了。那里一切都是美丽的、和谐的、自由的吧！她欣羡着那外面的神秘世界，于是那小小的灵魂，每每跟着春风一同飞翔了。她觉得自己变成一只蝴蝶，在那盛开着美丽的花丛中翱翔着，有时她觉得自己是一只小鸟，直扑天空，伏在柔软的白云间甜睡着。她整日不动不响地尽量陶醉，直到夕阳逃到山背后、大地垂下黑幕时，她才怏怏地离开那灵魂的休憩地，回到陌生的校舍里去。

她每日照例到地窖里来——一直过完了整个的春天。忽然她看见蝴蝶兰残了，金钟罩也倒了头，只剩下一丛深碧的叶子，苍茂地在熏风里撼动着，那时她竟莫名其妙地流下眼泪来。这孩子真古怪得可以，十岁的孩子前途正远大着呢，这春老花残，绿肥红瘦，怎能惹起她那么深切的悲感呢？！但是孩子从小就是这样古怪，因此她被家人所摒弃，同时也被社会所摒弃。在她的童年里，便只能在梦境里寻求安慰和快乐，一直到她否认现实世界的一切，她终成了一个疏狂孤介的人。在她三十年的岁月里，只有这些片段的梦境，维系着她的生命。

　　阳光渐渐地已移到那素心兰上，这目前的窗外春光，撩拨起她童年的眷恋，她深深地叹息了："唉，多缺陷的现实的世界呵！在这春神努力地创造美丽的刹那间，你也想遮饰起你的丑恶吗？人类假使连这些梦影般的安慰也没有，我真不知道人们怎能延续他们的生命哟！"

　　但愿这窗外的春光永驻人间吧！她这样虔诚地默祝着，素心兰像是解意般地向她点着头。

> **引言**
>
> 都市中的春天，红杏白梨，次第繁闹，总会惹起许多娴雅女士流连徘徊，抒发柔情万种。在乡下，偶尔也有一树桃花，衬在古墓苍柏间而且格外显得妩媚动人；可惜那些正在代替牛马拉犁的乡农，精疲力竭，竟是熟视无睹。

乡下人的春天

老 向

北方的乡下，不能说没有春天；而乡下人却不能说有春天。

诚然，寒冰解开了，积雪也化完了，嫩杨绿柳，青草池塘，春天的确是来了，但是那与乡下人的关系是什么？那只是鞭策他们说："天暖了，快去下种！"警告他们说："天长了，又得忍饿！"太阳再温暖些，也不会解除乡下人的肚饥；下种现是一种辛苦，离着收获还远得很！

春风阵阵，从四邻吹来的并无花香，只有粪味。乡下人到了下种施肥，就得变成鼻盲。他们不知道粪里会藏着多量的传染病菌，仅知道遵守古代留传的格言，"种地不使粪，一年瞎胡混"，而去用手捧它，用脚踏它，把那顶恶臭的东西当作生命的一部分。

都市中的春天，红杏白梨，次第繁闹，总会惹起许多娴雅女士流连徘徊，抒发柔情万种。在乡下，偶尔也有一树桃花，衬在古墓苍柏间而且格外显得妩媚动人；可惜那些正在代替牛马拉犁的乡农，精疲力竭，竟是熟视无睹。

仿佛只要有城市里的女士们能够提橘偕伴，在花下低吟慢唱，恣意笑谑一回，也就不算辜负春光了；要是乡下人也去游春看花，那还成什么世界！

鸟儿，那春天的使者，也算知机，美丽而能鸣的，晓得那些汗流浃背的乡下人里缺少知音，都飞到别处去了。遍田野布满了保护种子的草人，有的摇鞭，有的执扇，虽然意思是专在对付那些不得人缘儿的老鸦，可是"打着骡子马也惊"，那些散布春之福音的小鸟儿自然也就不敢在乡下停留。好在乡农整日里急煎煎的，并没有一点闲情，枝头没有好鸟，也无所谓感到寂寞。有了母鸡产卵后的咯咯乱叫一阵也就够了，何必一定要莺啼燕语！

画家们待到春睡已足，到郊外去踏青闲行；远远望见农夫戴笠，叱牛耕田，立刻灵感交集，觉得那真可以入画，于是设座铺纸，调色勾线，不大的工夫便成了一幅春耕杰作。然而他们准看不见牛毛里含着的热汗，更画不出农夫们那一颗忍耐着的心。

秋收的时候，田野间还有歌声唱和，在春耕时，大家只剩下一副愁眉苦脸儿。那平均三秒迈一步的瘦驴饿马，就足够人焦心的了，再加以水旱虫灾的顾虑，官逼匪劫的戒心；最现时的问题是，去年收获的粮食，已经消耗了十之八九，囤底眼看就要望见天。北方虽然也曾盛行过秧歌，不过现在大家一副朝不保夕的心情之下，没有谁能够强迫他们唱歌！然而他们那种"但事耕耘，不计收获"的伟大精神，终于战胜了一切；很少有人贪春睡而躲懒，因灰心而怠工。

乡下的妇女，一到春天仿佛就关不住了。她们逃出闺门，到田间去挖野菜，拾豆芽儿；或者成群结队去刮取官家禁止的硝盐土。村里静悄悄的，只有满街的太阳白糟蹋着。连那照例每晨来卖豆腐的小贩，都被春隔绝了，不再来敲他的破皮鼓。本来嘛，大家到了艰难的春天，有点榆钱儿和上白薯面儿吃，也就算敷衍得过去了；不年不节的谁家敢吃豆腐？

孩子们爬到榆树上去落榆钱儿，成了春天的最大点缀。他们都是应该穿着漂亮的春服，由先生率领着去游山的年龄，可是缘干攀枝，竟是野人一般的灵巧。有时他们贪图树上构成鸟窠的一把枯枝，不惜牺牲老鸦的满门家眷，惹得老鸦围绕他们的头乱扑乱叫。为了仁慈，为了在树枝上摇曳的危险，都足以证明他们需要相当的教育。然而他们竟自虚度春光！

蝴蝶在北方来得很迟，过了清明还不多见它们的踪影，蜜蜂是早就出来了。当乡下人一开始工作，蜜蜂就忙忙碌碌地飞，在旷野里，它寻不到一棵菜花，疲弱地跌在地上；但是休息一刻，又挣扎着飞去。这正与乡下人不知什么是疲劳的劲儿相同，他们都是以工作为生命的。

在这乍寒乍暖的春天，在这风多雨少的季候，无论哪个村庄里总有不少的瘟疫流行。自然，这不能说是春之苛待，而只能怪乡下人自己愚蠢，不知道讲求卫生。假使每个乡下人都有他自己的一只饭碗，死亡率无疑地就会减低。然而谈何容易！

春风是多么和善的一个词儿，然而北方的春风未免太激烈了些。它从远远的蒙古，挟有大量的黄沙，越山过岭，忽然逢到一片平原，立刻施展狂威。看吧，摇天撼地，昼夜不停。那青青苗麦，埋在沙土里只露着一个尖儿。农民的希望，随着这历次的春风而减低，以至于绝灭。

可爱的春天，这是何等含有诗意的句子，可是一到了北方的乡下，也不知怎么变得那么枯燥而可愁！

> **引言**
>
> 春天像刚落地的娃娃,从头到脚都是新的,他生长着。
>
> 春天像小姑娘,花枝招展的,笑着,走着。
>
> 春天像健壮的青年,有铁一般的胳膊和腰脚,领着我们上前去。

春

朱自清

盼望着,盼望着,东风来了,春天的脚步近了。

一切都像刚睡醒的样子,欣欣然张开了眼。山朗润起来了,水涨起来了,太阳的脸红起来了。

小草偷偷地从土里钻出来,嫩嫩的,绿绿的。园子里,田野里,瞧去,一大片一大片满是的。坐着,躺着,打两个滚,踢几脚球,赛几趟跑,捉几回迷藏。风轻悄悄的,草软绵绵的。

桃树、杏树、梨树,你不让我,我不让你,都开满了花赶趟儿。红的像火,粉的像霞,白的像雪。花里带着甜味,闭了眼,树上仿佛已经满是桃儿、杏儿、梨儿!花下成千成百的蜜蜂嗡嗡地闹着,大小的蝴蝶飞来飞去。野花遍地是:杂样儿,有名字的,没名字的,散在草丛里,像眼睛,像星星,还眨呀眨的。

"吹面不寒杨柳风",不错的,像母亲的手抚摸着你。风里带来些新翻的泥土的气息,混着青草味,还有各种花的香,都在微微润湿的空气里酝酿。鸟儿将巢安在繁花嫩叶当中,高兴起来了,呼朋引伴地卖弄清脆的喉咙,唱出宛转的曲子,跟清风流水应和着。牛背上牧童的短笛,这时候也成天嘹亮地响着。

雨是最寻常的,一下就是三两天。可别恼,看,像牛毛,像花针,像细丝,密密地斜织着,人家屋顶上全笼着一层薄烟。树叶却绿得发亮,小草也青得逼你的眼。傍晚时候,上灯了,一点点黄晕的光,烘托出一片安静而和平的夜。在乡下,小路上,石桥边,有撑起伞慢慢走着的人;还有地里工作的农民,披着蓑戴着笠的。他们的房屋稀稀疏疏的,在雨里静默着。

天上的风筝渐渐多了,地上的孩子也多了。城里乡下,家家户户,老老小小,也赶趟儿似的,一个个都出来了。舒活舒活筋骨,抖擞抖擞精神,各做各的一份事去。"一年之计在于春",刚起头儿,有的是工夫,有的是希望。

春天像刚落地的娃娃,从头到脚都是新的,他生长着。

春天像小姑娘,花枝招展的,笑着,走着。

春天像健壮的青年,有铁一般的胳膊和腰脚,领着我们上前去。

> **引言**
>
> 济南的三大名胜,名字都起得好:千佛山,趵突泉,大明湖,都多么响亮好听!一听到"大明湖"这三个字,便联想到春光明媚和湖光山色等等,而心中浮现出一幅美景来。事实上,可是,它既不大,又不明,也不湖。

大明湖之春

老 舍

北方的春本来就不长,还往往被狂风给七手八脚地刮了走。济南的桃李丁香与海棠什么的,差不多年年被黄风吹得一干二净,地暗天昏,落花与黄沙卷在一处,再睁眼时,春已过去了!记得有一回,正是丁香乍开的时候,也就是下午两三点钟吧,屋中就非点灯不可了;风是一阵比一阵大,天色由灰而黄,而深黄,而黑黄,而漆黑,黑得可怕。第二天去看院中的两株紫丁香,花已像煮过一回,嫩叶几乎全破了!

济南的秋冬,风倒很少,大概都留在春天刮呢。

有这样的风在这儿等着,济南简直可以说没有春天;那么,大明湖之春更无从说起。

济南的三大名胜,名字都起得好:千佛山,趵突泉,大明湖,都多么响亮好听!一听到"大明湖"这三个字,便联想到春光明媚和湖光山色等等,而心中浮现出一幅美景来。事实上,可是,它既不大,又不明,也不湖。

湖中现在已不是一片清水,而是用坝划开的多少块

"地"。"地"外留着几条沟,游艇沿沟而行,即是逛湖。水田不需要多么深的水,所以水黑而不清;也不要急流,所以水定而无波。东一块莲,西一块蒲,土坝挡住了水,蒲苇又遮住了莲,一望无景,只见高高低低的"庄稼"。艇行沟内,如穿高粱地然,热气腾腾,碰巧了还臭气烘烘。夏天总算还好,假若水不太臭,多少总能闻到一些荷香,而且必能看到些绿叶儿。春天,则下有黑汤,旁有破烂的土坝;风又那么野,绿柳新蒲东倒西歪,恰似挣命。所以,它既不大,又不明,也不湖。

话虽如此,这个湖到底得算个名胜。湖之不大与不明,都因为湖已不湖。假若能把"地"都收回,拆开土坝,挖深了湖身,它当然可以马上既大且明起来:湖面原本不小,而济南又有的是清凉的泉水呀。这个,也许一时做不到。不过,即使做不到这一步,就现状而言,它还应当算作名胜。北方的城市,要找有这么一片水的,真是好不容易了。千佛山满可以不算数儿,配作个名胜与否简直没多大关系。因为山在北方不是什么难找的东西呀。水,可太难找了。济南城内据说有七十二泉,城外有河,可是还非有个湖不可。泉,池,河,湖,四者俱备,这才显出济南的特色与可贵。它是北方唯一的"水城",这个湖是少不得的。设若我们游湖时,只见沟而不见湖,请到高处去看看吧,比如在千佛山上往北眺望,则见城北灰绿的一片——大明湖;城外,华鹊二山夹着弯弯的一道灰亮光儿——黄河。这才明白了济南的不凡,不但有水,而且是这样多呀。

况且,湖景若无可观,湖中的出产可是很名贵呀。懂得什么叫作美的人或者不如懂得什么好吃的人多吧,游过苏州的往往只记得此地的点心,逛过西湖的提起来便念叨那里的龙井茶、藕粉与莼菜什么的,吃到肚子里的也许比一过眼的美景更容易记住,那么大明湖的蒲菜、茭白、白花藕,还真许是它驰名天下的重要原因呢。不论怎么说吧,这些东西既都是水产,多少总带着些南国风味;在夏天,青菜挑子上带着一束束的大白莲花菁葖出卖,在北方大概只有济南能这么"阔气"。

我写过一本小说——《大明湖》——在"一·二八"与商务印书馆一同被火烧掉了。记得我描写过一段大明湖的秋景,词句全想不起来了,只记得是什么什么秋。桑子中先生给我画过一张油画,也画的是大明湖之秋,现在还在我的屋中挂着。我写的,他画的,都是大明湖,而且都是大明湖之秋,这里大概有点意思。对了,只是在秋天,大明湖才有些美呀。济南的四季,唯有秋天最好,晴暖无风,处处明朗。这时候,请到城墙上走走,俯视秋湖,败柳残荷,水平如镜;唯其是秋色,所以连那些残破的土坝也似乎正与一切景物配合:土坝上偶尔有一两截断藕,或一些黄叶的野蔓,配着三五枝芦花,确是有些画意。"庄稼"已都收了,湖显着大了许多,大了当然也就显着明。不仅是湖宽水净,显着明美,抬头向南看,半黄的千佛山就在面前,开元寺那边的"橛子"——大概是个塔吧——静静地立在山头上。往北看,城外的河水很清,菜畦中还生着短短的绿叶。往南往北,往东往西,看吧,处处空阔明朗,有山有湖,有城有河,到这时候,我们真得到个"明"字了。桑先生那张画便是在北城墙上画的,湖边只有几株秋柳,湖中只有一只游艇,水作灰蓝色,柳叶儿半黄。湖外,他画上了千佛山;湖光山色,连成一幅秋图,明朗,素净,柳梢上似乎吹着点不大能觉出来的微风。

对不起,题目是大明湖之春,我却说了大明湖之秋,可谁教亢德先生出错了题呢!

> **引言**
>
> 春天到来,我的花草还是不易安排:早些移出去吧,怕风霜侵犯;不搬出去吧,又都发出细条嫩叶,很不健康。这种细条子不会长出花来。看着真令人焦心!

春来忆广州

老 舍

我爱花。因气候、水土等等关系,在北京养花,颇为不易。冬天冷,院里无法摆花,只好都搬到屋里来。每到冬季,我的屋里总是花比人多。形势逼人!屋中养花,有如笼中养鸟,即使用心调护,也养不出个样子来。除非特建花室,实在无法解决问题。我的小院里,又无隙地可建花室!

一看到屋中那些半病的花草,我就立刻想起美丽的广州来。去年春节后,我不是到广州住了一个月吗?哎呀,真是了不起的好地方!人极热情,花似乎也热情!大街小巷,院里墙头,百花齐放,欢迎客人,真是"交友看花在广州"啊!

在广州,对着我的屋门便是一株象牙红,高与楼齐,盛开着一丛丛红艳夺目的花,而且经常有些很小的小鸟,钻进那朱红的小"象牙"里,如蜂采蜜。真美!只要一有空儿,我便坐在阶前,看那些花与小鸟。在家里,我也有一棵象牙红,可是高不及三尺,而且是种在盆子里。它入秋即放假休息，入冬便睡大觉，且久久不醒，直到端阳左右，它才开几朵先天不足的小花，绝对没有那种秀气的小鸟做伴！现在，它正在屋角打盹，也许跟我一样，正想念它的故乡广东吧？

春天到来，我的花草还是不易安排：早些移出去吧，怕风霜侵犯；不搬出去吧，又都发出细条嫩叶，很不健康。这种细条子不会长出花来。看着真令人焦心！

好容易盼到夏天，花盆都运至院中，可还不完全顺利。院小，不透风，许多花便生了病。特别由南方来的那些，如白玉兰、栀子、茉莉、小金橘、茶花……也不怎么就叶落枝枯，悄悄死去。因此，我打定主意，在买来这些比较娇贵的花之时，就认为它们不能长寿，尽到我的心，而又不作幻想，以免枯死的时候落泪伤神。同时，也多种些叫它死也不肯死的花草，如夹竹桃之类，以期老有些花看。

夏天，北京的阳光过暴，而且不下雨则已，一下就是倾盆倒海而来，势不可当，也不利于花草的生长。

秋天较好。可是忽然一阵冷风，无法预防，娇嫩些的花就受了重伤。于是，全家动员，七手八脚，往屋里搬哪！各屋里都挤满了花盆，人们出来进去都须留神，以免绊倒！

真羡慕广州的朋友们，院里院外，四季有花，而且是多么出色的花呀！白玉兰高达数丈，干子比我的腰还粗！英雄气概的木棉，昂首天外，开满大红花，何等气势！就连普通的花,四季海棠与绣球什么的,也特别壮实,叶茂花繁,花小而气魄不小!看,在冬天,窗外还有结实累累的木瓜呀!真没法儿比!一想起花木,也就更想念朋友们!朋友们,快作几首诗来吧,你们的环境是充满了诗意的呀!

  春节到了,朋友们,祝你们花好月圆人长寿,新春愉快,工作顺利!

引言

　　马车都新油饰过，马虽依然清瘦，而车辆体面了许多，好做一夏天的买卖呀。新油过的马车穿过街心，那专做夏天的生意的咖啡馆、酒馆、旅社、饮冰室，也找来油漆匠，扫去灰尘，油饰一新。油漆匠在脚手架上忙，路旁也增多了由各处来的舞女。预备呀，忙碌呀，都红着眼等着那避暑的外国战舰与各处的阔人。

五月的青岛

老　舍

　　因为青岛的节气晚，所以樱花照例是在四月下旬才能盛开。樱花一开，青岛的风雾也挡不住草木的生长了。海棠，丁香，桃，梨，苹果，藤萝，杜鹃，都争着开放，墙角路边也都有了嫩绿的叶儿。五月的岛上，到处花香，一清早便听见卖花声。公园里自然无须说了，小蝴蝶花与桂竹香们都在绿草地上用它们的娇艳的颜色结成十字，或绣成几团；那短短的绿树篱上也开着一层白花，似绿枝上挂了一层春雪。就是路上两旁的人家也少不得有些花草：围墙既矮，藤萝往往顺着墙把花穗儿悬在院外，散出一街的香气；那双樱，丁香，都能在墙外看到，双樱的明艳与丁香的素丽，真是足以使人眼明神爽。

　　山上有了绿色，嫩绿，所以把松柏们比得发黑了一些。谷中不但填满了绿色，而且颇有些野花，有一种似紫荆而色儿略略发蓝的，折来很好插瓶。

青岛的人怎能忘下海呢。不过,说也奇怪,五月的海就仿佛特别地绿,特别地可爱,也许是因为人们心里痛快吧?看一眼路旁的绿叶,再看一眼海,真的,这才明白了什么叫作"春深似海"。绿,鲜绿,浅绿,深绿,黄绿,灰绿,各种的绿色,连接着,交错着,变化着,波动着,一直绿到天边,绿到山脚,绿到渔帆的外边去。风不凉,浪不高,船缓缓地走,燕低低地飞,街上的花香与海上的咸味混到一处,浪漾在空中,水在面前,而绿意无限,可不是,春深似海!欢喜,要狂歌,要跳入水中去,可是只能默默无言,心好像飞到天边上那将将能看到的小岛上去,一闭眼仿佛还看见一些桃花。人面桃花相映红,必定是在那小岛上。

这时候,遇上风与雾便还须穿上棉衣,可是有一天忽然响晴,夹衣就正合适。但无论怎说吧,人们反正都放了心——不会大冷了,不会。妇女们最先知道这个,早早地就穿出利落的新装,而且决定不再脱下去。海岸上,微风吹动少女们的发与衣,何必再去到电影院中找那有画意的景儿呢!这里是初春浅夏的合响,风里带着春寒,而花草山水又似初夏,意在春而景如夏,姑娘们总先走一步,迎上前去,跟花们竞争一下,女性的伟大几乎不是颓废诗人所能明白的。

人似乎随着花草都复活了,学生们特别地忙:换制服,开运动会,到崂山丹山旅行,服劳役。本地的学生忙,别处的学生也来参观，几个，几十，几百，打着旗子来了，又成着队走开，男的，女的，先生，学生，都累得满头是汗，而仍不住地向那大海丢眼。学生以外，该数小孩最快活，笨重的衣服脱去，可以到公园跑跑了；一冬天不见猴子了，现在又带着花生去喂猴子，看鹿。拾花瓣，在草地上打滚；妈妈说了，过几天还有大红樱桃吃呢！

马车都新油饰过，马虽依然清瘦，而车辆体面了许多，好做一夏天的买卖呀。新油过的马车穿过街心，那专做夏天的生意的咖啡馆、酒馆、旅社、饮冰室，也找来油漆匠，扫去灰尘，油饰一新。油漆匠在脚手架上忙，路旁也增多了由各处来的舞女。预备呀，忙碌呀，都红着眼等着那避暑的外国战舰与各处的阔人。多咱浴场上有了人影与小艇，生意便比花草还茂盛呀。到那时候，青岛几乎不属于青岛的人了，谁的钱多谁更威风，汽车的眼是不会看山水的。

那么，且让我们自己尽量地欣赏五月的青岛吧！

> **引言**
>
> 　　中国文人有句成语，叫作"春色恼人"。这"恼"字，多少有含蓄着刺激的一些意味。
>
> 　　我只说多少含有些意味，却并不承认"恼"便等于刺激。妥恰地说一句，恼非刺激，刺激却有恼的成分。换句话说，刺激与恼立于相对等的地位，彼此有连带的关系。

刺激的春天

张若谷

　　一年四季中，再没有比春天更刺激的季节了。

　　所谓刺激也者，并不是指自然界的压迫力，如果是指自然界的压迫力，那么，岂有比严肃酷寒的冬季更厉害些的吗？

　　中国文人有句成语，叫作"春色恼人"。这"恼"字，多少有含蓄着刺激的一些意味。

　　我只说多少含有些意味，却并不承认"恼"便等于刺激。妥恰地说一句，恼非刺激，刺激却有恼的成分。换句话说，刺激与恼立于相对等的地位，彼此有连带的关系。

　　请看现代的世界，尤其是在都市里面，如我们所住的上海，不时有很显明的所谓"世纪病"的现象吗？学校里的男女青年，在肉体上、物质上，常发生出种种烦恼郁闷，在社会上一切服务者，为了衣食住的问题——有些单纯为面包问题，各人都生出吃紧的情调，东西奔波，备尝艰辛，休暇时常会生出"人生单调""生活无味"一类的感触来。

艺术家的灵魂，泛滥在银红的鹅黄的海蓝的天青的森林样的建筑群里，泛滥在锦绣的花园里：紫罗兰，郁金香，白芍药……

阳光如金黄色麦浪样翻滚着，起伏着，腾卷着，到处招展着它的金黄色的大穗子。这金黄色大穗子探入阴郁的地窖里，探入潜藏狮虎蟒豹的原始莽丛里，探入缭绕着寂寞梵音的幽古禅房中，探入天主教堂的彩色玻璃窗内，探入深闺少妇的红楼上，初生婴儿的摇篮中……

阳光的金色毡子披在红色玫瑰花的身上。

阳光的金色毡子披在紫色丁香花的身上。

阳光的金色毡子披在青色金针松的身上。

看：

一个金发蓝眼睛的亚利安种的白胖孩子在水边舞蹈着，歌唱着，阳光在她的歌声中震颤。

一个赤膊农人走在阡陌纵横的田垄里，阳光的金色舌头轻轻舐着他的红铜色的肌肤。

一个蓝布工人从白色街上走过去了，追逐着阳光。

一个白色护士从绿色公园内走过去了，追逐着阳光。

一个灰衣士兵走过去了，追逐着阳光。

……

我如一只猫似的，蜷卧在燠热的阳光中、青青草地上。阳光孔雀样闪烁着烨烨璀璨的光辉，把艳丽的彩色织绣在我的四周,我深深沉浸在这母亲似的温柔的抚爱里。

我的脚下,明亮的溪水愉悦地歌唱着。

在附近的池塘中,鹅群骄傲地伸出白色的长颈与金红的嘴喙,像一只只白色船似的,静静在水面驶行着,不时展开白色的华翅如白帆,轻轻拍打在绿水上,激起轻松而欢快的回音。

> **引言**
>
> 一年四季,我最怕的却是春天。夏的沉闷,秋的枯燥,冬的寂寞,我都能够忍受,有时还感到片刻的欣欢。灼热的阳光,憔悴的霜林,浓密的乌云,这些东西跟满目疮痍的人世是这么相称,真可算作这出永远演不完的悲剧的绝好背景。

又是一年春草绿

梁遇春

一年四季,我最怕的却是春天。夏的沉闷,秋的枯燥,冬的寂寞,我都能够忍受,有时还感到片刻的欣欢。灼热的阳光,憔悴的霜林,浓密的乌云,这些东西跟满目疮痍的人世是这么相称,真可算作这出永远演不完的悲剧的绝好背景。当个演员,同时又当个观客的我虽然心酸,看到这么美妙的艺术,有时也免不了陶然色喜,传出灵魂上的笑窝了。坐在炉旁,听到呼呼的北风,一页一页翻阅一些飘零人的书信或日记,我的心境大概有点像人们所谓春的情调吧。可是一看到阶前草绿,窗外花红,我就感到宇宙的不调和,好像在弥留病人的榻旁听到少女的清脆的笑声,不,简直好像参加婚礼时候听到凄楚的丧钟。这到底是恶魔的调侃呢,还是垂泪的慈母拿几件新奇的玩物来哄临终的孩子呢？每当大地春回的时候，我常想起《哈姆雷特》里面那位姑娘戴着鲜花圈子，唱着歌儿，沉到水里去了。这真是莫大的悲剧呀，比哈姆雷特的命运还来得可伤，叫人们啼笑皆非，只好朦胧地徜徉于迷途之上，在谜的空气里度过鲜血染着鲜花的一生了。坟墓旁年年开遍了春花，宇宙永远是这样二元，两者错综起来，就构成了这个杂乱下劣的人世了。其实不单自然界是这样子安排颠倒遇颠连，人事也无非如此白莲与污泥相接。在卑鄙坏恶的人群里偏有些雪白晶清的灵魂，可是旷世的伟人又是三寸名心未死，落个白玉之玷了。天下有了伪君子，我们虽然亲眼看见美德，也不敢贸然去相信了；可是极无聊、极不堪的下流种子有时却磊落大方，一鸣惊人，情愿把自己牺牲了。席勒说，"只有错误才是活的，真理只好算作个死东西罢了"，可见连抽象的境界里都不会有个称心如意的事情了。"可哀唯有人间世"，大概就是为着这个原因吧。

　　我是个常带笑脸的人，虽然心绪凄其的时候居多。可是我的笑并不是百无聊赖时的苦笑，假使人生单使我们觉得无可奈何，"独闭空斋画大圈"，那么这个世界也不值得一笑了。我的笑也不是世故老人的冷笑，忙忙扰扰的哀乐虽然尝过了不少，鬼鬼祟祟的把戏虽然也窥破了一二，我却总不拿这类下流的伎俩放在眼里，以为不值得尊称为世故的对象，所以不管我多么焦头烂额，立在这片瓦砾场中，我向来不屑对于这些加之以冷笑。我的笑也不是哀莫大于心死以后的狞笑，我现在最感到苦痛的就是我的心太活跃了，不知怎的，无论到哪儿去，总有些触目伤心、凄然泪下的意思，大有失恋与伤逝冶于一炉的光景，怎么还会狞笑呢。我的辛酸心境并不是年轻人常有的那种累带诗意的感伤情调，那是生命之杯盛满后溅出来的泡花，那是无上的快乐呀，释迦牟尼佛所以会那么陶然，也就是为着他具了那个清风朗月的慈悲境界吧。走入人生迷园而不能自拔的我怎么会有这种的闲情逸致呢！我的辛酸心境也不是像丁尼生所说的"天下最沉痛的事情莫过于回忆起欣欢的日子"。这位诗人自己却又说道："曾经亲爱过，后来永诀了，总比绝没有亲爱过好多了。"我是没有过这么一度的鸟语花香，我的生涯好比没有绿洲的空旷沙漠，好比没有棕榈的热带国土，简直是挂着蛛网，未曾听过管弦声的一所空屋。我的辛酸心境更不是像近代仕女们脸上故意贴上的"黑点"，朋友们看到我微笑着道出许多伤心话，总是不能见谅，以为这些娓娓酸语无非拿来点缀风光，更增生活的妩媚罢了。"知己从来不易知"，其实我们也用不着这样苛求，谁敢说真知道了自己呢，否则希腊人也不必在神庙里刻上"知道你自己"那句话了。可是我就没有走过芳花缤纷的蔷薇的路，我只看见枯树同落叶；狂欢的宴席上排了一个白森森的人头固然可以叫古代的波斯人感到人生的倏忽而更见沉醉，骷髅搂着如花的少女跳舞固然可以使荒山上月光里的撒旦摇着头上的两角哈哈大笑，但是八百里的荆棘岭总不能算作愉快的旅程吧；梅花落后，雪月空明，当然是个好境界，可是牛山濯濯的峭壁上一年到底只有一阵一阵的狂风瞎吹着，那就会叫人思之饮泣了。这些话虽然言之过甚，缩小来看，也可以映出我这个无可为欢处的心境了。

  在这个无时无地都有哭声回响着的世界里年年偏有这么一个春天；在这个满天澄蓝、泼地草绿的季节，毒蛇却也换了一套春装睡眼蒙眬地来跟人们做伴了，紧闭于层冰底下的秽气也随着春水的绿波传到情侣的身旁了。这些矛盾恐怕就是数千年来贤哲所追求的宇宙本质吧！蕞尔的我大概也分了一份上帝这笔礼物吧。笑窝里贮着泪珠儿的我活在这个乌云里夹着闪电，早上彩霞暮雨凄凄的宇宙里，天人合一，也可以说是无憾了，何必再去寻找那个无根的解释呢。"满眼春风百事非"，这般就是这般。

> **引言**
>
> 　　我这里所要说的，是我的巴黎的春天，除了花在画苑里，便是走着旧书铺。

巴黎的春天

邵洵美

　　春天来了，春天来是瞒不过人的。温柔的太阳像蜜一般地滴上我们的皮肤，风也是软的，她的步声已有了韵律，是 Tango①。树身着的绿，少女们走近她的时候，她会带着笑声装出一种妩媚的神情；她见到了妇人们又会扮出一种骄傲的态度，骄傲她自己是青年的象征；要是情侣们一对对地坐在她的底下或是边上，那她更会饰上嫉妒与羡慕的颜色，唱出一种似诗非诗的调子来。

　　也许只有巴黎才有这样的春天。

　　巴黎的春天更来得烦闷。

　　早餐是一杯 Noir et blanc②，两个 croissant③，看书看得无聊了，去找朋友谈天，朋友不在家，去踱马路；踱马路有脚酸的时候，到弹子房里看人家打牌。看人家打牌才会有不厌的兴趣，要是那个和你相熟的人的边上有空座位，那么便去挤在里面，一口气也不要透，希望他赢钱；否则

---

① 探戈。——编者注。
② 白与黑。——编者注。
③ 羊角面包。——编者注。

便站在他背后,等他拿起牌要看以前,脚里用些力,再将眼睛盯住了牌,保他会有好牌。要是这副他当真赢了,他定会回过头来对你表示感激。在这一种环境中,收到这一种谢意,比美人的"回眸一笑"更来得陶醉。未曾有过这样的经验的,当然绝不会领略我的话。我时常会看得连中饭都忘了。

到了下午,那去的地方多了,不说公园,不说博物馆,不说咖啡店——这些是早上也可以去的,也不说影戏馆、跳舞场;我最感到兴味的是拿了画夹,带了木炭,跑过了 Jardin de Luxembourg[①],再穿过一条马路,转个弯,走进一所深灰色的房子,这里面便早有不少美利坚的英吉利的法兰西的男男女女先你到了。要是去得早了一些便等一会儿;要是去得晚了,那么在一个七八寸高的平台上,便有一个赤裸着上下身的女子在扮着各种的形态,有时挺起了乳儿,有时分开大膀,五分钟换一种样式,你便尽将你在刹那间所得到的她的全身的轮廓的印象,勾在纸上。坐两个钟头,你可以有一二十张速写,带回家去靠着窗再细自揣摩。我们的朋友常玉便最喜欢这般地消磨他的下午。天天如此当然又太单调,那值得去的地方尽多着。总之在巴黎是绝不会使你感到空闲的。

我在欧洲的时候有一个嗜好,直到现在还是这样——

---

① 卢森堡公园。——编者注。

跑旧书铺。在巴黎我最欢喜去的是在 Odeon① 边上的一家，并不大，十分贵重的书籍或是墨迹也没有，但时常有很难得而合我胃口的东西见到。我在那里买到过一册四开本有极好的插画而不装订的 Verlaine② 诗集；一册 Baudelaire③ 的十二首诗的墨迹的刻板，虽然卖价很便宜，但在平时要觅这样两册书，也不容易。还有几家是在 Seine④ 河边的，政治与哲学书比较多。还有一家在一条我不知道地名而能走得到的街上，他们的书却讲究得多，有时一本要你几千万块钱，我是不配买的。我在那里买过一册 La Nouvelle Psyche⑤ 为××夫人所著，一千七百十一年在巴黎出版，是根据了 Apuleius⑥ 写的，说是翻译也可以，但似乎没有人提起过。这种书我在剑桥的时候买得很多，将来当写篇东西详细讲讲。我这里所要说的，是我的巴黎的春天，除了花在画苑里，便是走着旧书铺。

也有时候所谓"春心发动"起来……

咳，巴黎的春天，我终于辜负了你！

---

① 戏院。——编者注。
② 魏尔伦。——编者注。
③ 波德莱尔。——编者注。
④ 塞纳河。——编者注。
⑤ 新精神。——编者注。
⑥ 阿普列尤斯。——编者注。

> **引言**
>
> 　　我寻找着,在春的怀中,想得到一枝桃花;春是这般美丽的。
>
> 　　苍古的庄园和废墟,我在幼时所曾沉醉的,如今都已被我遗忘。

春的心

丽　尼

　　我寻找着,在春的怀中,想得到一枝桃花;春是这般美丽的。

　　我几乎沉醉了,在春的怀中,但是我仍然继续着找寻。

　　少女们从我的身旁过去了,她们哧哧地笑着,说这是一个痴心的寻找,她们说:"看那痴心的寻找者。"

　　似乎是,我是在荆棘之中寻找桃花。

　　我寻找着,在春的怀中,想得到一枝桃花;春是这般美丽的。

　　红色的引诱,如同处女的唇一样的,使我沉醉着,不断地寻找。

　　越过了荆棘,藤和刺扯住了我的衣角;微风似乎是在怨语,似乎是说我过甚地冷淡了她。

　　也许是吧?微风正吹动了我的薄衫。

　　我寻找着,在春的怀中,想得到一枝桃花;春是这般美丽的。

  苍古的庄园和废墟，我在幼时所曾沉醉的，如今都已被我遗忘。

  当太阳沉落了，怕人的晚霞回照着我母亲的住屋的时候，有我儿时的游伴在那里轻声叹息。

  但是，我仍然寻找着，离开着她们而寻找一枝桃花。

> **引言**
>
> 这样一个美丽的世界,这样一个撩人的景色,快别错过了!假使你是有爱人的话,退一步讲,只要是一个异性的朋友,或竟是你认为未能满意的妻或夫都可将就,大家紧紧地携着手,肩儿并得齐齐的一同举着步,摸出几个血汗金钱,不要管天高地厚,不要想生活苦恼,一切都把它暂时忘一个掉,且在这融和的春光中,糊糊涂涂地快乐一番吧!

据说春光又到了人间

徐国桢

据说:春光又到了人间——人间又变成春的世界了!啊,你这万人称颂的春光,竟这样幽然寂然不知不觉地来了。人间充满了春色,大地又要换上一套鲜艳娇嫩的服饰,耀得人们眼花缭乱、心悬意荡了。

桃花娘子把脸儿染得红红的迎人生笑,杨柳姐姐披上了绿色的衣裙把腰肢一扭一摇地骄夸舞态的婀娜,黄莺儿一声声奏着春之歌曲,小草儿偷偷地在地间透出尖尖的嫩叶迎着和风尽自东摇西摆,绿的水反映着青的天,枯黄的山岭还复了它青春的年龄。这世界真是太美丽了,太迷人了,也是太使青年的男女们而尚未享着青春幸福的朋友们难堪了!

这样一个美丽的世界,这样一个撩人的景色,快别错过了!假使你是有爱人的话,退一步讲,只要是一个异性的朋友,或竟是你认为未能满意的妻或夫都可将就,大家紧紧地携着手，肩儿并得齐齐的一同举着步，摸出几个血汗金钱，不要管天高地厚，不要想生活苦恼，一切都把它暂时忘一个掉，且在这融和的春光中，糊糊涂涂地快乐一番吧！

朋友，这种话，你不用以为我忘却了人生奋斗的精神而故意这样颓废无聊；且闭着眼静静地想一想：春光去了，明年仍是一样的要到人间，但是，你的青春，你应得为你自己的青春想一想，浪费了一时一刻，凭你富得门外面都堆满了钱也是买不回来，难道不应该爱惜一些的吗？唉，青春是一去不来的，我们不是必定要爱惜这春光，我们是不能不爱惜自己的青春啊！趁青春尚未完全消灭的时候，好好地运用一番，否则，世界真要被大肚皮的有钱畜生占尽了！你甘心吗？

现在，我又要说到那些孤独的朋友了。想起你们在这样明媚的春光之中，独自走来，又独自走去，真太可怜了！你们不必矫情否认而嘴硬，事实总是事实，可怜的事迹，总是可怜的呀！可是你们也不必灰心；这样的世界放在眼前，正是一片大好角逐之场。快睁开眼睛，放些精神出来，走到幽密的山林，走到静寂的河溪，走到蜜蜂儿正在采取的花丛之中，走到银灰色照映着树梢的月明之下，走走找找，找一个你心目中所认为合意的伴侣吧！

虽然，这样终究觉得太浪漫了，太自私自利了；但是，说总要这样地说。倘连说说都不能够，我们真只有在春光明媚之中做一出喜剧——寻死路了!①

　　最后,少不得又要说到我自己:我也知道桃花是血一般红了,杨柳是一丝丝绿了,一切的红的绿的,都被春风一阵阵地催出地面了。但是这些,不是我所有的,像我,只配等桃花一瓣瓣逐着流水漂浮,杨柳一丝丝变成了焦黄面皮,那时候,贮着我一副欲流无从流起的酸泪,走到一个人迹不到的荒冢古墓旁边,站立在稀星暗月之下,用自己的两只手,抱住自己的一颗头,痛哭一番,算是凭吊我自己未灭的灵魂吧!天呀!

---

① 寻死路而加以喜剧两字者,因为这些,在快乐的游赏者目光中看来,未始不是春光之中的一种点缀啊。——作者注。

> **引言**
>
> 　　雨像是再也不能忍耐的瀑布,像是奋跃的狮子,像是《威廉·退尔》里的急奏,像是长城倒了,黄河翻了,一片,似乎又是杂乱可终究是一片的喊杀声。树叶狂喜得翻过背来逆上去,草片跳跃着,屋瓦吓得挤得更紧,更密,在欢跃的水珠下慴服着,抖颤着。没有悠闲的蝉声,四周都是愉快的、宏壮的、舒困的音乐。

南国的五月

唐锡如

　　五月,在南国是木棉花的季节,是暴风雨的季节。

　　比拳头都大的木棉的殷红花朵,像人头似的,从四五丈高的精裸丑陋的树干上,不时"托落"地摔到泥土上来。它没有香气,连野草的清香它都没有。它不想来媚人,这粗鲁朴直的家伙!它不结果,不结任何好看或是好吃的果。它只晓得开花,它的职务是开花,它自己唯一乐趣和安慰也是开花。这古怪的树,它要开完了血色的花朵,落完了血色的花朵,才开始萌芽抽叶!

　　市上尽多的是荔枝,市上尽多的是美人蕉。

　　可是木棉花不因自己的丑陋而灰心的!

　　五月,在南国是木棉花的季节,更是暴风雨的季节!

　　天气一径是闷热得像只炒红的大砂锅,太阳啮住了地面不动。土地渴得要死,草木都晕过去了。雪糕、汽水、凉粉,排成了微弱得可怜的警戒线。可是,吓,还不够一秒钟，便给融成了水，又化成了气！豆大的汗珠，依旧从每根毛孔里跳出来，呼喊着。

一切都在挣扎着临死前的喘息！（可是还有三两只蝉，躺在浓绿堆里歌颂着！）

东南角上有一片云，看去还不够半亩大，可是就在这里面，隐住了一种沉闷的鼓噪声。

像是一只大鹏鸟翅鸟飞过来，翅膀遮断了太阳！几块云冲上来了，更多的几块云追上来了，旁的，起先不知它们躲在哪儿的，现在都跑出来了，赶上来了。

灰白色的压迫！白的云像是汹涌的怒潮，在边缘上直展开来，飞驰过来，抢过来！后边，深灰色的、黑色的，像是海，不见它动，不过你觉得它在涨，在臃肿，像是什么稳固的有力的东西在向你移近来。横跨马路的布标语，满孕了风，发狂似的凸着瘪着，瘪着又凸着，"哗啦！"从肚脐直撕到耳朵，碎了，市招在乱晃，乱撞，乱跳，乱喊。车轮像逃避风的追逐似的，滚得飞快！滚得飞快！飞快！到处都是匆迫的、慌乱的关门窗的声音。

暴风雨到了！

一条血红的电光划破了长空，这是宣誓！接着便是一片鼓噪的不过还是沉闷的雷声。血红的电光再闪，照到先前疏罅的灰黑云块中间都填满了，再也没有漏缝了，完全打作一气了。

于是血红的电光，再闪第三遍，从西边直划到东边，有半个天!

　　一个雷,一个焦雷,跟着炸翻了转来,再一个,又一个。风像发了狂,树像发了狂,草像发了狂,一切都站起来,奔过去,跑过来呐喊,呼号,它们要连根带泥地直掀到半天里去,它们都高兴得狂喊着:"时候到了!""今天到了!"

　　雨像是再也不能忍耐的瀑布,像是奋跃的狮子,像是《威廉·退尔》里的急奏,像是长城倒了,黄河翻了,一片,似乎又是杂乱可终究是一片的喊杀声。树叶狂喜得翻过背来逆上去,草片跳跃着,屋瓦吓得挤得更紧,更密,在欢跃的水珠下慑服着,抖颤着。没有悠闲的蝉声,四周都是愉快的、宏壮的、舒困的音乐。

> **引言**
>
> 假如有谁提出一个问题,问我三者之中,最爱什么,而且非爱一个不可,又不准像"青年必读书"那样的交白卷的。我便只得回答道:跳蚤。

夏三虫

鲁　迅

夏天近了,将有三虫:蚤,蚊,蝇。

假如有谁提出一个问题,问我三者之中,最爱什么,而且非爱一个不可,又不准像"青年必读书"那样的交白卷的。我便只得回答道:跳蚤。

跳蚤的来吮血,虽然可恶,而一声不响地就是一口,何等直截爽快。蚊子便不然了,一针叮进皮肤,自然还可以算得有点彻底的,但当未叮之前,要哼哼地发一篇大议论,却使人觉得讨厌。如果所哼的是在说明人血应该给它充饥的理由,那可更讨厌了,幸而我不懂。

野雀野鹿,一落在人手中,总时时刻刻想要逃走。其实,在山林间,上有鹰鹯,下有虎狼,何尝比在人手里安全。为什么当初不逃到人类中来,现在却要逃到鹰鹯虎狼间去?或者,鹰鹯虎狼之于它们,正如跳蚤之于我们吧。肚子饿了,抓着就是一口,决不谈道理,弄玄虚。被吃者也无须在被吃之前,先承认自己之理应被吃,心悦诚服,誓死不二。人类,可是也颇擅长于哼哼的了,害中取小,它们的避之唯恐不速,正是绝顶聪明。

苍蝇嗡嗡地闹了大半天，停下来也不过舐一点油汗，倘有伤痕或疮疖，自然更占一些便宜；无论怎么好的、美的、干净的东西，又总喜欢一律拉上一点蝇矢。但因为只舐一点油汗，只添一点腌臜，在麻木的人们还没有切肤之痛，所以也就将它放过了。中国人还不很知道它能够传播病菌，捕蝇运动大概不见得兴盛。它们的命运是长久的；还要更繁殖。

但它在好的、美的、干净的东西上拉了蝇矢之后，似乎还不至于欣欣然反过来嘲笑这东西的不洁：总要算还有一点道德的。

古今君子，每以禽兽斥人，殊不知便是昆虫，值得师法的地方也多着哪。

> **引言**
>
> 一年四季中,炎夏最为人所畏惧。一般人都把夏季看作灾难,要设法解消它,避免它,至于有"消夏""避暑"的名称。俗语说"过夏好比过难"。

一个夏天的故事

夏丏尊

这是希腊苏格拉底的逸事:苏格拉底曾当过兵,参与过战争。有一回,战后和许多兵士在旷野中行走,天气很热,大家已渴得难耐了。忽然在路旁发现一条小溪,清冽的水潺潺地流着。许多兵士都纷纷到溪边用手掬水,畅饮称快,苏格拉底却立着不去饮水。别的兵士奇怪了,问他:"为什么有这样的好水不饮?"他回答说:"我正渴得难耐,想试试自己的克己的功夫究有多少,预备忍耐到不渴为止。"

一年四季中,炎夏最为人所畏惧。一般人都把夏季看作灾难,要设法解消它,避免它,至于有"消夏""避暑"的名称。俗语说"过夏好比过难"。夏季的苦难原是很多的,容易生病咧,烈日如焚咧,蚊蚤叮咬咧,汗流浃背咧,热闷难熬咧……历举起来,说也说不尽。这种苦难如果照上面所举的故事说来,都可以作为锻炼修养的机会,而且都是最切实没有的机会。苏格拉底在西洋被称为千古的圣人,他的奋斗修养当然是无时无地懈怠的,这故事中所告诉我们的只是某一个夏天的事,而且只是关于渴的一件事。

如果类推开去，应用是可以很广的。我们原不一定希望成圣人，把这样的精神学得一二分也就受用不尽了。

"怎样过暑假？"少年们作的这类题目的文章是我所常常见到的。文章里面大都"一、二、三、四"地分了项目，说着许多过暑假的预备，读书应该怎样，救国工作干些什么，修养该注意些什么，各人都定得井井有条。在我看来，这些大部分都不免是抽象的空言。最要紧的是"在事上磨炼"。苏格拉底的故事，是"在事上磨炼"的一个好例。

这故事是我多年前偶然在某一本书上见到的，对我印象很深，每到夏天，更记忆起来。我有生以来未曾尝过往庐山、莫干山避暑的幸福，自丢了教鞭改入工商界以后，连暑假的权利也早已没有了。每当苦热难耐的时候，就把这故事记忆了来消遣。这故事是我的清凉散，现在拿来贡献给少年们。

> **引言**
>
> 北平这儿,一夏也不过有七八天热上华氏九十度。其余的日子,屋子里平均总是华氏八十来度,早晚不用说,只有华氏七十来度。碰巧下上一阵黄昏雨,晚半晌睡觉,就非盖被不成。所以耍笔杆儿的朋友,在绿茵茵的纱窗下,鼻子里嗅着花香,除了正午,大可穿件小汗衫儿,从容工作。若是喜欢夜生活的朋友,更好,电灯下,晚香玉更香。

燕居夏亦佳

张恨水

到了阳历七月,在重庆真有流火之感。现在虽已踏进了八月,秋老虎虎视眈眈,说话就来,真有点谈热色变,咱们一回想到了北平,那就觉得当年久住在那儿,是人在福中不知福。不用说逛三海上公园,那里简直没有夏天。就说你在府上吧,大四合院里,槐树碧油油的,在屋顶上撑着一把大凉伞儿,那就够清凉。不必高攀,就凭咱们拿笔杆儿的朋友,院子里也少不了石榴盆景金鱼缸。这日子石榴结着酒杯那么大,盆里荷叶伸出来两三尺高,撑着盆大的绿叶儿,四围配上大小七八盆草木花儿,什么颜色都有,统共不会要你花上两元钱,院子里白粉墙下,就很有个意思。你若是摆得久了,卖花儿的,逐日会到胡同里来吆唤,换上一批就得啦。小书房门口,垂上一幅竹帘儿,窗户上糊着五六枚一尺的冷布,既透风,屋子里可飞不进来一只苍蝇。花上这么两毛钱，买上两三把玉簪花红白晚香玉，向书桌上花瓶子一插，足香个两三天。屋夹角里，放上一只绿漆的洋铁冰箱，连红漆木架在内，只花两三元钱。每月再花一元五角钱，每日有送天然冰的，搬着四五斤重一块的大冰块，带了北冰洋的寒气，送进这冰箱。若是爱吃水果的朋友，花一二毛钱，把虎拉车（苹果之一种，小的）、大花红、脆甜瓜之类，放在冰箱里镇一镇，什么时候吃，什么时候拿出来，又凉又脆又甜。再不然，买几大枚酸梅，五分钱白糖，煮上一大壶酸梅汤，向冰箱里一镇，到了两三点钟，槐树上知了儿叫得正酣，不用午睡啦，取出汤来，一个人一碗，全家喝他一个"透心儿凉"。

北平这儿，一夏也不过有七八天热上华氏九十度。其余的日子，屋子里平均总是华氏八十来度，早晚不用说，只有华氏七十来度。碰巧下上一阵黄昏雨，晚半晌睡觉，就非盖被不成。所以耍笔杆儿的朋友，在绿茵茵的纱窗下，鼻子里嗅着花香，除了正午，大可穿件小汗衫儿，从容工作。若是喜欢夜生活的朋友，更好，电灯下，晚香玉更香。写得倦了，恰好胡同深处唱曲儿的，奏着胡琴弦子鼓板，悠悠而去。掀帘出望，残月疏星，风露满天，你还会缺少"烟士披里纯"[①]吗？

---

① inspiration 的音译，意为"灵感"。——编者注

> **引言**
>
> 凡是爱好花木的人，总想经常有花可看，尤其是供在案头，可以朝夕坐对，而使一室之内，也增加了生气。供在案头的，当然最好是盆栽和盆景；如果条件不够，或佳品难得，那么有了瓶供，也可以过过花瘾。

夏天的瓶供

周瘦鹃

凡是爱好花木的人，总想经常有花可看，尤其是供在案头，可以朝夕坐对，而使一室之内，也增加了生气。供在案头的，当然最好是盆栽和盆景；如果条件不够，或佳品难得，那么有了瓶供，也可以过过花瘾。

对于瓶供的爱好，古已有之，如宋代诗人张道洽《瓶梅》云：

寒水一瓶春数枝，清香不减小溪时。
横斜竹底无人见，莫与微云淡月知。

徐献可《书斋》云：

十日书斋九日扃[①]，春晴何处不闲行。
瓶花落尽无人管，留得残枝叶自生。

---

① 扃（jiōng）关门。——编者注。

方回《惜砚中花》云：

花担移来锦绣丛，小窗瓶水浸春风。
朝来不忍轻磨墨，落砚香粘数点红。

这与我的情况恰相同，紫罗兰庵南窗下的书桌上，四时不断地供着一瓶花，瓶下恰有一方端砚，花瓣往往落在砚上，我也往往不忍磨墨，生怕玷污了它，足见惜花人的心理，是约略相同的。

说到夏天的瓶供，我是与盆供并重的。从园子里的细种莲花开放之后，就陆续采来供在爱莲堂中央的桌子上，如洒金、层台、大绿、粉千叶等，都是难得的名种。我轮替地用一只古铜大圆瓶、一只雍正黄瓷大胆瓶（指清代雍正年间出产的一种瓷瓶）和一只紫红窑变的扁方瓶来插供，以花的颜色来配瓶的颜色，务求其调和悦目。单单插了莲花还不够，更要采三片小样的莲叶来搭配着，花二朵或三朵，配上了三片叶子，插得有高有低，有直有斜，必须像画家笔下画出来的一样。倘有一朵花先谢了，剩下一只小莲蓬，仍然留在瓶里，再去采一朵半开的花来补缺，这样要继续插供到细种莲花全部开完后为止。在这一个多月的时间里，我把这一瓶高花大叶的莲花，用树根几或红木几高供中央，总算不辜负了"爱莲堂"这块老招牌；而上面挂着的，恰又是林伯希老画师所画的一幅《爱莲图》，更觉相映成趣。

除一瓶供的莲花之外，还有瓶供的菖兰。菖兰的色彩是多种多样的，有白、红、淡黄、深黄、洒金、茄紫诸色；而我园中一种深紫而有绒光的，更为富丽。我也将花与瓶的颜色互相配合，互相衬托。花以三枝、五枝或七枝为规律，再插上几片叶，高低疏密，都须插得适当，看上去自有画意。有时瓶用得腻了，便改用一只明代欧瓷的长方形小型水盘，插上三五枝小样的菖兰，衬以绿叶，配上大小拳石两块，更觉幽雅入画了。

我爱用水盘插花，觉得比用瓶来插花，更有趣味。除了菖兰，无论大丽、月季、蜀葵等，都是夏天常见的，都可用水盘来插；不过叶子也需要，再用拳石或书带草来一衬托，那是更富于诗情画意了。爱莲堂里有一只长方形的白石大水盘，下有红木几座，落地安放着。我在盘的右边竖了一块二尺高的英石奇峰，像个独秀峰模样，盘中盛满了水，散满了碧绿的小浮萍。清早到园子里，采了大石缸中刚开放的大红色睡莲二三朵，和小样的莲叶三五张，回来放在水盘里，就好像把一个小小的莲塘，搬到屋子里来，徘徊观赏，真的是"心上莲花朵朵开"了。每天傍晚，只要把闭拢了的花朵撩起来，放在露天的浅水盆中过夜，明天早上，花依然开放，依然放到水盘里。天天这样做，可以持续三四天。

> **引言**
>
> 只有夏天,它是无隙不入地压迫你,你每一个毛孔,每一根神经,都受着重大的压榨;同时还有臭虫蚊子苍蝇助虐的四面夹攻,这种极度紧张的夏日生活,正是训练人类变成更坚强而有力量的生物。因此,我又不得不歌颂夏天!

夏的歌颂

庐 隐

出汗不见得是很坏的生活吧,全身感到一种特别的轻松。尤其是出了汗去洗澡,更有无穷的舒畅,仅仅为了这一点,我也要歌颂夏天。

其久被压迫,而要挣扎过——而且要很坦然地过去,这也不是毫无意义的生活吧。——春天是使人柔困,四肢瘫软,好像受了酒精的毒,再无法振作;秋天呢,又太高爽,轻松使人忘记了世界上有骆驼——说到骆驼,谁也不忘了它那高峰凹谷之间的重载,和那慢腾腾、不尤不怨地往前走的姿势吧!冬天虽然是风雪严厉,但头脑尚不受压榨。只有夏天,它是无隙不入地压迫你,你每一个毛孔,每一根神经,都受着重大的压榨;同时还有臭虫蚊子苍蝇助虐的四面夹攻,这种极度紧张的夏日生活,正是训练人类变成更坚强而有力量的生物。因此,我又不得不歌颂夏天!

二十世纪的人类,正度着夏天的生活——纵然有少数阶级，他们是超越天然，而过着四季如春享乐的生活，但这太暂时了，时代的轮子，不久就要把这特殊的阶级碎为齑粉。——夏天的生活是极度紧张而严重，人类必要努力地挣扎过，尤其是我们中国不论士农工商军，哪一个不是喘着气，出着汗，与紧张压迫的生活拼命呢？脆弱的人群中，也许有诅咒，但我却以为只有虔敬地承受，我们尽量地出汗，我们尽量地发泄我们生命之力，最后我们的汗液，便是甘霖的源泉，这炎威逼人的夏天，将被这无尽的甘霖所毁灭，世界变成清明爽朗。

夏天是人类生活中最雄伟壮烈的一个阶段，因此，我永远地歌颂它。

> **引言**
>
> 　　扬州的夏日，好处大半便在水上——有人称为"瘦西湖"，这个名字真是太"瘦"了，假西湖之名以行，"雅得这样俗"，老实说，我是不喜欢的。下船的地方便是护城河，蔓延开去，曲曲折折，直到平山堂——这是你们熟悉的名字——有七八里河道，还有许多杈杈丫丫的支流。

扬州的夏日

朱自清

　　扬州从隋炀帝以来，是诗人文士所称道的地方；称道得多了，称道得久了，一般人便也随声附和起来。直到现在，你若向人提起扬州这个名字，他会点头或摇头说："好地方！好地方！"特别是没去过扬州而念过些唐诗的人，在他心里，扬州真像海市蜃楼一般美丽；他若念过《扬州画舫录》一类书，那更了不得了。但在一个久住扬州像我的人，他却没有那么多美丽的幻想，他的憎恶也许掩住了他的爱好；他也许离开了三四年并不去想它。若是想呢——你说他想什么？女人；不错，这似乎也有名，但怕不是现在的女人吧？——他也只会想着扬州的夏日，虽然与女人仍然不无关系的。

　　北方和南方一个大不同，在我看，就是北方无水而南方有。诚然，北方今年大雨，永定河、大清河甚至决了堤防，但这并不能算是有水；北平的三海和颐和园虽然有点儿水，但太平衍了，一览而尽，船又那么笨头笨脑的。有水的仍然是南方。扬州的夏日，好处大半便在水上——有人称为"瘦西湖"，这个名字真是太"瘦"了，假西湖之名以行，"雅得这样俗"，老实说，我是不喜欢的。下船的地方便是护城河，蔓延开去，曲曲折折，直到平山堂——这是你们熟悉的名字——有七八里河道，还有许多杈杈丫丫的支流。这条河其实也没有顶大的好处，只是曲折而有些幽静，和别处不同。

沿河最著名的风景是小金山、法海寺、五亭桥；最远的便是平山堂了。金山你们是知道的，小金山却在水中央。在那里望水最好，看月自然也不错——可是我还不曾有过那样福气。"下河"的人十之九是到这儿的，人不免太多些。法海寺有一个塔，和北海的一样，据说是乾隆皇帝下江南，盐商们连夜督促匠人造成的。法海寺著名的自然是这个塔；但还有一桩，你们猜不着，是红烧猪头。夏天吃红烧猪头，在理论上也许不甚相宜；可是在实际上，挥汗吃着，倒也不坏的。五亭桥如名字所示，是五个亭子的桥。桥是拱形，中一亭最高，两边四亭，参差相称；最宜远看，或看影子，也好。桥洞颇多，乘小船穿来穿去，另有风味。平山堂在蜀冈上。登堂可见江南诸山淡淡的轮廓；"山色有无中"一句话，我看是恰到好处，并不算错。这里游人较少，闲坐在堂上，可以永日。沿路光景，也以闲寂胜。从天宁门或北门下船。蜿蜒的城墙，在水里倒映着苍黝的影子，小船悠然地撑过去，岸上的喧扰像没有似的。

船有三种：大船专供宴游之用，可以挟妓或打牌。小时候常跟了父亲去，在船里听着谋得利洋行的唱片。现在这样乘船的大概少了吧？其次是"小划子"，真像一瓣西瓜，由一个男人或女人用竹篙撑着。乘的人多了，便可雇两只，前后用小凳子跨着：这也可算得"方舟"了。后来又有一种"洋划"，比大船小，比"小划子"大，上支布篷，可以遮日遮雨。"洋划"渐渐地多，大船渐渐地少，然而"小划子"总是有人要的。这不独因为价钱最贱，也因为它的伶俐。一个人坐在船中，让一个人站在船尾上用竹篙一下一下地撑着，简直是一首唐诗，或一幅山水画。而有些好事的少年，愿意自己撑船，也非"小划子"不行。"小划子"虽然便宜，却也有些分别。譬如说，你们也可想到的，女人撑船总要贵些；姑娘撑的自然更要贵啰。这些撑船的女子，便是有人说过的"瘦西湖上的船娘"。船娘们的故事大概不少，但我不很知道。据说以乱头粗服、风趣天然为胜；中年而有风趣，也仍然算好。可是起初原是逢场作戏，或尚不伤廉惠；以后居然有了价格，便觉意味索然了。

北门外一带，叫作下街，茶馆最多，往往一面临河。船行过时，茶客与乘客可以随便招呼说话。船上人若高兴时，也可以向茶馆中要一壶茶，或一两种"小笼点心"，在河中喝着，吃着，谈着。回来时再将茶壶和所谓小笼，连价款一并交给茶馆中人。撑船的都与茶馆相熟，他们不怕你白吃。扬州的小笼点心实在不错：我离开扬州，也走过七八处大大小小的地方，还没有吃过那样好的点心；这其实是值得惦记的。茶馆的地方大致总好，名字也颇有好的。如香影廊、绿杨村、红叶山庄，都是到现在还记得的。绿杨村的幌子，挂在绿杨树上，随风飘展，使人想起"绿杨城郭是扬州"的名句。里面还有小池、丛竹、茅亭，景物最幽。这一带的茶馆布置都利落有致，迥非上海、北平方方正正的茶楼可比。

"下河"总是下午。傍晚回来，在暮霭朦胧中上了岸，将大褂折好搭在腕上，一手微微摇着扇子；这样进了北门或天宁门走回家中。这时候可以念"偷得浮生半日闲"那一句诗了。

> **引言**
>
> 青岛并非不暑,而是暑得比别处迟些。这么一句平常话,也需要一年的经验才敢说。秋天很暖——我是去年秋天来的——正因为夏未全去;以此类推,方能明白此地春之所以迟迟,六七月间之所以不热,哼,和八月间之所以大热起来。

等 暑

老 舍

青岛并非不暑,而是暑得比别处迟些。这么一句平常话,也需要一年的经验才敢说。秋天很暖——我是去年秋天来的——正因为夏未全去;以此类推,方能明白此地春之所以迟迟,六七月间之所以不热,哼,和八月间之所以大热起来。仿佛别人早已这样告诉过我:"仿佛"就有点记不真切的意思,"不相信"是其原因。青岛还会热?问号打得很清楚。赶到今年八月,才理会过来,可是马上归功于自己的经验,别人说过与否终于打入"仿佛"之下。以此为证,人鲜有不好吹者!

来避暑的人总是六七月来而八月走去,这时间的选取实在就够避暑的资格;于此,我更愿发财,有钱的人不必用整年的工夫去发现七月凉八月热,他们总是聪明的。高粱一熟,螃蟹下市,别处的蝉声已带哀意;仍然住在青岛,似乎专为等着"秋老虎",其愚或可及,其穷定不可及。有钱的能征服自然,没钱的蛤蟆垫桌腿而已。

可是等暑之流也有得意之处：八月中若来个远地朋友，箱中带着毛衣，手不持扇，刚一下车便满身是汗，抢过我的扇子，连呼"这里也这么热！"，我乃似笑非笑，徐道经验，有如圣人，乐得心中发痒。

若是这位可怜的朋友叨唠上没完，不怨自己缺乏经验，而充分地看不起青岛，我可必得为青岛辩护，把六七月间的光景如诗一般地述说，仿佛青岛是我家里的。心理的变化与矛盾有如是者，此我之所以每每看不起自己者也。

> **引言**
>
> 暑，从哲学上讲，是不应当避的。人要把暑都避了，老天爷还要暑干吗？农人要都去避暑，粮食可还有的吃？再退一步讲，手里有钱，暑不可不避，因为它暑。这自然可以讲得通，不过为避暑而急得四脖子汗流，便大可以不必。到避暑期间而闹得人仰马翻，便根本不如在家里和谁打上一架。

避 暑

老 舍

英美的小资产阶级，到夏天若不避暑，是件很丢人的事。于是，避暑差不多成为离家几天的意思，暑避了与否倒不在话下。城里的人到海边去，乡下人上城里来；城里若是热，乡下人干吗来？若是不热，城里的人为何不老老实实地在家里歇着？这就难说了。再看海边吧，各样杂耍，似赶集开店一般，男女老幼，闹闹吵吵，比在家中还累得慌。原来暑本无须避，而面子不能不圆；夏天总得走这么几日，要不然便受不了亲友的盘问。谁也知道，海边的小旅馆每每一间小屋睡大小五口；这只好尽在不言中。

手中更富裕的，讲究到外国来。这更少与避暑有关。巴黎夏天比伦敦热得多，而巴黎走走究竟体面不小。花几个钱，长些见识，受点热也还值得。可是咱们这儿所说的人们，在未走以前已经决定好自己的文化比别国高，而回来之后只为增高在亲友中的身份——"刚由巴黎回来;那群法国人!"

到中国做事的西人,自然更不能忘了这一套。在北戴河,有三家凑赁一所小房的,住上二天,大家的享受正如圈里的羊。自然也有很阔气的,真是去避暑;可是这样的人大概在哪里也不见得感到热,有钱呀。有钱能使鬼推磨,难道不能使鬼做冰激凌吗?这总而言之,都有点装着玩。外国人装蒜,中国人要是不学,便算不了摩登。于是自从皇上被免职以后,中国人也讲究避暑。北平的西山,青岛和其他的地方,都和洋钱有同样的响声。还有特意到天津或上海玩玩的,也归在避暑项下;谁受罪谁知道。

暑,从哲学上讲,是不应当避的。人要把暑都避了,老天爷还要暑干吗?农人要都去避暑,粮食可还有的吃?再退一步讲,手里有钱,暑不可不避,因为它暑。这自然可以讲得通,不过为避暑而急得四脖子汗流,便大可以不必。到避暑期间而闹得人仰马翻,便根本不如在家里和谁打上一架。

所以我的避暑法便很简单——家里蹲。第一不去坐火车。为避暑而先坐二十四小时的特别热车,以便到目的地去治上吐下泻,我就不那么傻。第二不扶老携幼去玩悬。比如上山,带着四个小孩,说不定会有三个半滚了坡的。山上的空气确是清新,可是下得山来,孩子都成了瘸子，也与教育宗旨不甚相合。即使没有摔坏，反正还不吓一身汗？这身汗哪里出不了，单上山去出？第三不用搬家。你说，一家大小都去避暑，得带多少东西？即使出发的时候力求简单，到了地方可就明白过来，啊，没有给小二带乳瓶来！买去吧，哼，该买的东西多了！三叔的固元膏忘下了，此处没有卖的，而不贴则三叔就泻肚；得发快信托朋友给寄！及至东西都慢慢买全，也该回家了，往回运吧，有什么可说的！

一个人去自然简单些，可是你留神吧，你的暑气还没落下去，家里的电报到了——急速回家！赶回来吧，原来没事，只是尊夫人不放心你！本来嘛，一个人在海岸上遛，尊夫人能放心吗？她又不是没看过美人鱼的照片。

大家去，独自去，都不好；最好是不去。一动不如一静，心静自然凉。况且一切应用的东西都在手底下：凉席，竹枕，蒲扇，烟卷，万应锭，小二的乳瓶……要什么伸手即得，这就是个乐子。渴了有绿豆汤，饿了有烧饼，闷了念书或作两句诗。早早地起来，晚晚地睡，到了晌午再补上一大觉；光脚没人管，赤背也不违警章，喝几口随便，喝两盅也行。有风便阴凉下坐着，没风则勤扇着，暑也可以避了。

这种避暑有两点不舒服：（一）没把钱花了；（二）怕人问你。都有办法：买点暑药送苦人，或是赈灾，即使不是有心积德，到底钱是不必非花在青岛不可的。至于怕有人问,你可以不见客,等秋来的时候,他们问你,很可以这样说:"老没见,上莫干山住了三个多月。"如能把孩子们嘱咐好了,或者不至露了底。

> **引言**
>
> 北方一年只有几天连阴,好像个节令似的过着。院中或院外有了不易得的积水,小孩,甚至于大人,都要去蹚一蹚;摔在泥塘里也是有的。门外卖果子的特别地要大价,街上的洋车很少而奇贵,连医院里也冷冷清清的,下大雨病也得休息。家里须过阴天,什么老太太斗个纸牌,什么大姑娘用凤仙花泥染染指甲,什么小胖小子要煮些毛豆角儿。这都很有趣。

暑中杂谈二则

老 舍

一、檐滴

冰雹,狂风,炮火,自然是可怕的。不过,有些东西原不足畏,却也会欺侮人,比如檐滴。大雨的时候,檐溜急流,我们自会躲在屋内,不受它们的浇灌。赶到雨已停止,特别是天上出了虹彩的时候,总要到院中看看。你出去吧,刚把脚放在阶上,不偏不斜,一个檐滴准敲在你的头顶上。正在发旋那块,因为那儿露着的头皮多一些。贾波林在影戏里才用酒瓶打人那块,檐滴也会这一招,而且不必是在影戏里。设若你把脖抻长了些,檐滴就更得手:你要是瘦子,它准落在脖子正中那个骨头上,溅起无数的水星;你要是胖子,它必会滴在那个肉褶上,而后往左右流,成一道小河,擦都费事。这自然不疼不痒,可是叫人别扭。它欺侮人。你以为雨已过去好久,可以平安无事了,哼，偏有那么一滴等着你呢！晚出来一步，或早出来一步，都可以没事；它使你相信了命运，活该挨这一下敲，挨完了敲，还是没地方诉冤。你不能骂房檐一顿；也不能打那滴水，它是在你的脖子上。你没办法。

二、留声机

北方一年只有几天连阴，好像个节令似的过着。院中或院外有了不易得的积水，小孩，甚至于大人，都要去蹚一蹚；摔在泥塘里也是有的。门外卖果子的特别地要大价，街上的洋车很少而奇贵，连医院里也冷冷清清的，下大雨病也得休息。家里须过阴天，什么老太太斗个纸牌，什么大姑娘用凤仙花泥染染指甲，什么小胖小子要煮些毛豆角儿。这都很有趣。可也有时候不尽这样和平，"阴天打孩子，闲着也是闲着"，就是雨战的一种。讲到摩登的事，留声机是阴天的骄子，既是没事可做，《小放牛》唱一百遍也不算多；唱片又不是蘑菇，下阵雨就往外长新的，只好翻过来掉过去地唱那所有的几片。这是种享受，也是种惩罚——《小放牛》唱到一百遍也能使人想起上吊，不是吗？

二姐借来个留声机，只有五张戏片。头一天还怪好，一家大小都哼唧着，很有个礼乐之邦的情调。第二天就有咧嘴的了："换个样儿行不行？"可是也还没有打起来，要不怎说音乐足以陶冶性情呢。第三天——雨更大了——时局可不妙，有起誓的了。但留声机依旧地转着，有的人想把歌儿背过来,一张连唱二三十次,并且是把耳朵放在机旁,唯恐走了一点音。起誓的和学歌的就不能不打起来了。据近邻王老太太看呢,打起来也比再唱强,到底是换换样儿呀。

一起打,差点把留声机碰掉下来,虽然没碰掉,也不怎么把那个"节音机"给碰动了,针儿碰到"慢"那边去。我也不晓得这个小针叫什么,反正就是那个使唱片加快或减速度的玩意儿,大概你比我明白。我家里对于摩登事太落伍。我还算是晓得这个针儿——不管它姓什么吧——的作用。二姐连这个都不知道。第四天,雨大邪了,一阵一个海,干什么去呢?还得唱。机器转开了,声音像憋住气的牛,不唱,慢慢地口闷口闷;片子不转,晃悠。上了一片,口闷口闷了有半点多钟,大家都落了泪。二姐不叫再唱了:"别唱了,等晴天再说吧。阴天返潮,连话匣子都皮了!"于是留声机暂行休息。我没那个工夫告诉他们拨拨那个针,不愿意再打架。

> **引言**
>
> 我爱初夏。爱它一扫春天的柔弱,勇往直前,而富于创造的精神,不受宴安的鸩毒,它不迷恋过去的温和,而只景仰未来的强烈。唯有初夏,才是有希望、有作为的,值得我们去学习的一个榜样。我在春天不出去游,到了初夏非得出去看看不可。

初夏的一日

钱歌川

我自从去年北平回来以后,已经有一年多没有离开上海了,不说远出旅行,甚至连埠头和车站都没有去过。今年春到江南,虽也曾动了几次念头,想到西湖上去看看春色,可是生活束缚了我的自由,穷困摧残了我的愿望,一直使我未能离开这尘土与煤灰笼罩着的上海一步。

每天早晨起床以后,随便喝了一碗稀粥,就走到那摩肩擦背百来个人挤满了一堂的办公室里,一面伏案绞着脑汁,一面吞吐着室中的炭气只管勤力朝着能量的顶点去,而忘记了养生上必需的条件,当一切都很顺利地进行着的时候,其间只有咳嗽与呼气,而无欢声与笑语。偶然抬起头来,便看见一些用手支着头的凝固的面孔,低头去看则不外是些修改得十分潦草的原稿和红笔画上许多线条的校样。

耳中始终充满着轧轧的机械声音,使人听得烦躁不安,仿佛脑髓都被它捣乱了。你不能睁开眼睛做一个美的白日的梦,甚至连梦想听到一声黄鹂,或看见一朵玫瑰都不可能。当那干燥的喉管里灌下一杯浓茶去,觉得湿润了一点的时候,随即便要带着诗人举杯消愁的心境,捻起一支烟来拼命地吸,意思无非是想借倪可婷①的力量,刺激一下脑神经,使它清醒一点,然而这种企图每回都是失败了,因为不吸还可,一吸便越吸越糊涂,最后只赢得头晕目眩,舌敝唇焦。放工回家以后,又成了自己案头的捕获物,像一把钩一般地挂在那上面,直到夜阑人静、月挂中天的时候,才取下来。

这样一天又一天地过着这种同机械一样的生活,也和乡下的农夫似的忘记了伸腰,陆放翁说得好,"书生事业无多许,二寸毛锥老未休",使我把整个的心身,都寄在行间字里,其余一切人间乐事,只好让给他人享受去了。

看看又是浴佛节来了,静安寺烟雾弥天,满街露店,游人来得特别多,摩肩接踵,挤得满头是汗,看去就像一笼刚蒸熟的包子。我们看见一个燕子之来,并不能说就是夏天到了,但看到静安寺附近这种蒸笼中出动的人头,便即时就知道今年春已无多,而炎威的种子已经在抽芽了。西湖边的桃花,早已不知何处去,只剩得杨柳成荫,绿肥红瘦,再没有多少鲜艳的颜色可以看见了。"人人尽说江南好,游人只合江南老",但不能出游的人,就老死在江南,

---

① 尼古丁。——编者注。

又有什么好处呢？

　　我恨春天，因为春天只能给别人以快乐，而不能让我享受一点。它所给我的，只是一些烦恼，一段春愁。眼看着大自然又到了返老还童的时候，而我却一天一天地老了。爱欲未能全消，智欲又日加剧，这种内心的苦闷已经够受了，怎奈得更加上春的嘲弄？心情是这般紊乱不宁，身体又如此慵懒无力，打开书来看不下去，吃东西又无口味，无论做点什么都容易感着厌倦，甚至做梦都容易醒，像我这样不会享乐，只会烦恼，少年时代已经过去，而中年就快要到来的人，真该避免春天才好。我何必去游春呢？不看不会嫉妒，也少讨些苦吃。我今年春天没有机会出外游览，也许正是我的幸运。

　　春天好比正在破瓜期的少女，夏天则像年过四十岁的壮男，只有初夏正合着我这样的身份，青春业已过去而中年尚未到来，正应该把落去的花委诸泥土，而努力发展浓绿的叶，未熟的果。英国的诗人白浪宁在他一首情诗中说，世界虽是光辉，仍不外空白的一片，就如一个镜框，正等着一幅画来装上。唯望爱的灵气从天而降，来完成这个夏季——人间。

　　我爱初夏。爱它一扫春天的柔弱，勇往直前，而富于创造的精神，不受宴安的鸩毒，它不迷恋过去的温和，而只景仰未来的强烈。唯有初夏，才是有希望、有作为的，值得我们去学习的一个榜样。我在春天不出去游，到了初夏非得出去看看不可。

正是五月的第一个礼拜天,我们在上午八点半钟,齐集北站,九时开车,一点多钟以后就到了我们的目的地——青阳港。

下车四顾一下,平原千里,只有一座西式的洋楼矗立在车站的对面。这便是新近建筑的铁路花园饭店。如果依据英国诗人彭芝的说法:乡村是上帝造的,那么这个洋式旅馆便是在上帝所造的大工程中一点极小的人工的表现。然而它在青阳港这个小地方,却似乎伟大得了不得。它的存在就等于北平的故宫,上海的国际大饭店,我们的目光首先就集中在它身上,反而对于上帝的伟大工程完全忽视了。

我们跨过轨道,走进花园饭店去。果然花木环绕,绿草如毯,杨柳外有池塘,过小桥有假山石洞,修竹数竿点缀在小坨之畔,花园虽小几乎应有尽有,旅馆前有一走廊,走廊外护以常青树木,使其成一绿荫之巷。我们先在走廊上品茗,然后入室午饭。地点清凉,菜尤可口。许多西洋人也和我们一样叫的中国菜,用调羹筷子来吃,看去似很滑稽。我一到这个车站,不知怎样就想起以前到过的日本海水浴场的情形,现在看到这些西洋人之放浪形骸之外,尤使我觉得有联想的效果。他们男女杂处,大吃大喝,有的女的吃饭时也仍然是穿一件浴衣,即上身着一马甲,下身短裤仅够遮股,四肢裸露在外,吃过饭她们到绿茵上甚至将上身全部脱光卧地实行日光浴。这种情形较之海滨，只有过之而无不及。所不同的，只是一为黄沙，一为绿草；在黄沙前面的是大海，在绿草前面的是一条小港。海可以入浴泅泳，这儿的港则只可以划船。

旅馆中备有一种游艇，随时可以租给客人去划。我们当日就租了两个游艇，八人分坐其中，出了码头便泛乎中流，直朝下流划去，这时上有飘忽的白云，下有微波的清流，我们置身其间，好像自己也融化到大自然中去了一样。宇宙虽大，而我却分得了一部分，随着水波的上下，就像身在半空，以泉为枕，以云为被，以宇宙为帐，以太阳为灯。我卧在这个伟大的衾帐之中，甚至忘记了自身的藐小，好像太清中只有我，而我的一举手，一投足，皆足以扫千军而定天下似的。

世界上的东西之所以有大小、高低、美丑、善恶、贤愚等等，都是因为比较而成，如果没有比较，那么顶大的东西，也可以说是顶小的，同样顶小的东西，也可以说是顶大的。我们走到小人国的时候，我们的身躯自然魁梧奇伟了，再走到大人国去，便又觉得自己是侏儒一类的人。我今置身于江南的天地之间，平视过去只见一片平原，无高山，无大树；仰头看去，也只见二三飞鸟，点在白云苍穹之上，他则一无所有，自然这时最大的东西，只有我自身了。

我就在这种自大自满之中，做了一回白日的美梦。等到梦醒的时候,他们已经把船划到另一支流中的岸边停泊下来。大家上岸休息,分食所带来的水果干粮,照相的便开始选景,倦了的就伸长四肢,仰卧在草地上,索性睡他一觉。

我便举目四瞩,想尽量地饱看一下野景!垂熟的麦田,在阳光中放出黄金的色彩,与邻畦的红色的紫云英斗艳。阡陌间的野草花也时时一露头角,在微风中向着我们扭扭腰肢,点头含笑,我们不睬她,她便去戏弄那些狂蜂浪蝶。最胆大的就是那些蚱蜢,居然跳到我们的头上来。这时四野都曝在午后的阳光里,形成了一种自然的寂静,我们听到野草的私语,草虫的唱和,和微风的叹息。空气是全透明的。我们可以看见极小的昆虫在空中飞舞。直到红日偏西,远处的炊烟像银线一般地从天上吊下来,我们才感到是归家的时候了。于是大家急急登舟划回旅馆,乘四点半的火车回上海。

这一日之游,把都市人心中的积郁洗除净尽,而我全家三人所罹的气梗在胸欲吐不能的老毛病,从这次郊游回来,不知在何时竟都完全好了。

> **引言**
>
> 　　鬼眨眼的天空越加非常之蓝,不安了,仿佛想离去人间,避开枣树,只将月亮剩下。然而月亮也暗暗地躲到东边去了。而一无所有的干子,却仍然默默地铁似的直刺着奇怪而高的天空,一意要制它的死命,不管它各式各样地眨着许多蛊惑的眼睛。

秋　夜

鲁　迅

　　在我的后园,可以看见墙外有两株树,一株是枣树,还有一株也是枣树。

　　这上面的夜的天空,奇怪而高,我生平没有见过这样奇怪而高的天空。它仿佛要离开人间而去,使人们仰面不再看见。然而现在却非常之蓝,闪闪地眨着几十个星星的眼,冷眼。它的口角上现出微笑,似乎自以为大有深意,而将繁霜洒在我的园里的野花草上。

　　我不知道那些花草真叫什么名字,人们叫它们什么名字。我记得有一种开过极细小的粉红花,现在还开着,但是更极细小了,她在冷的夜气中,瑟缩地做梦,梦见春的到来,梦见秋的到来,梦见瘦的诗人将眼泪擦在她最末的花瓣上,告诉她秋虽然来,冬虽然来,而此后接着还是春,蝴蝶乱飞,蜜蜂都唱起春词来了。她于是一笑,虽然颜色冻得红惨惨地,仍然瑟缩着。

　　枣树,它们简直落尽了叶子。先前,还有一两个孩子来打别人打剩的枣子,现在是一个也不剩了,连叶子也落尽了。它知道小粉红花的梦,秋后要有春;它也知道落叶的梦,春后还是秋。它简直落尽叶子,单剩干子,然而脱了当初满树是果实和叶子时候的弧形,欠伸得很舒服。但是,有几枝还低压着,护定它从打枣的竿梢所得的皮伤,而最直最长的几枝,却已默默地铁似的直刺着奇怪而高的天空,使天空闪闪地鬼眨眼;直刺着天空中圆满的月亮,使月亮窘得发白。

鬼眨眼的天空越加非常之蓝,不安了,仿佛想离去人间,避开枣树,只将月亮剩下。然而月亮也暗暗地躲到东边去了。而一无所有的干子,却仍然默默地铁似的直刺着奇怪而高的天空,一意要制它的死命,不管它各式各样地眨着许多蛊惑的眼睛。

哇的一声,夜游的恶鸟飞过了。我忽而听到夜半的笑声,吃吃地,似乎不愿意惊动睡着的人,然而四围的空气都应和着笑。夜半,没有别的人,我即刻听出这声音就在我嘴里,我也即刻被这笑声所驱逐,回进自己的房。灯火的带子也即刻被我旋高了。

后窗的玻璃上丁丁地响,还有许多小飞虫乱撞。不多久,几个进来了,许是从窗纸的破孔进来的。它们一进来,又在玻璃的灯罩上撞得丁丁地响。一个从上面撞进去了,它于是遇到火,而且我以为这火是真的。两三个却休息在灯的纸罩上喘气。那罩是昨晚新换的罩,雪白的纸,折出波浪纹的叠痕,一角还画出一枝猩红色的栀子。

  猩红的栀子开花时,枣树又要做小粉红花的梦,青葱地弯成弧形了……我又听到夜半的笑声;我赶紧砍断我的心绪,看那老去白纸罩上的小青虫,头大尾小,向日葵子似的,只有半粒小麦那么大,遍身的颜色苍翠得可爱,可怜。

  我打一个呵欠,点起一支纸烟,喷出烟来,对着灯默默地敬奠这些苍翠精致的英雄们。

> **引言**
>
> 　　繁霜夜降，木叶多半凋零，庭前一株小小的枫树也变成红色了。我曾绕树徘徊，细看叶片的颜色，当它青葱的时候是从没有这么注意的。它也并非全树通红，最多的是浅绛，有几片则在绯红地上，还带着几团浓绿。一片独有一点蛀孔，镶着乌黑的花边，在红、黄和绿的斑驳中，明眸似的向人凝视。

腊　叶

鲁　迅

　　灯下看《雁门集》，忽然翻出一片压干的枫叶来。

　　这使我记起去年的深秋。繁霜夜降，木叶多半凋零，庭前一株小小的枫树也变成红色了。我曾绕树徘徊，细看叶片的颜色，当它青葱的时候是从没有这么注意的。它也并非全树通红，最多的是浅绛，有几片则在绯红地上，还带着几团浓绿。一片独有一点蛀孔，镶着乌黑的花边，在红、黄和绿的斑驳中，明眸似的向人凝视。我自念：这是病叶呵！便将它摘了下来，夹在刚买到的《雁门集》里。大概是愿使这将坠的被蚀而斑斓的颜色，暂得保存，不即与群叶一同飘散罢了。

　　但今夜它却黄蜡似的躺在我的眼前，那眸子也不复似去年一般灼灼。假使再过几年，旧时的颜色在我记忆中消去，怕连我也不知道它何以夹在书里面的原因了。将坠的病叶的斑斓，似乎也只能在极短时中相对，更何况是葱郁的呢。看看窗外,很能耐寒的树木也早已秃尽了;枫树更何消说得。当深秋时,想来也许有和这去年的模样相似的病叶的吧,但可惜我今年竟没有赏玩秋树的余闲。

> **引言**
>
> 　　一片荻芦,远临水岸。苍凉夕照中,杂疏柳两三株。温李至此,当不复能为艳句。
>
> 　　月华满天,清霜拂地,此时有一阵伊哑雁鸣之声,拂空而去,小阁孤灯,有为荡子妇者,泪下涔涔矣。

月下谈秋

张恨水

　　一雨零秋,炎暑尽却。夜间云开,茅檐下复得月光如铺雪。文人二三,小立廊下,相谈秋来意,亦颇足一快。其言曰:

　　淡月西斜,凉风拂户,抛卷初兴,徘徊未寐,便觉四壁秋虫,别有意味。

　　一片荻芦,远临水岸。苍凉夕照中,杂疏柳两三株。温李至此,当不复能为艳句。

　　月华满天,清霜拂地,此时有一阵伊哑雁鸣之声,拂空而去,小阁孤灯,有为荡子妇者,泪下涔涔矣。

　　荒草连天,秋原马肥,大旗落日,笳鼓争鸣。时有班定远马援其人,登城远眺,有动于中否?

　　诵铁马西风大散关之句,于河梁酌酒,请健儿鞍上饮之,亦人生一大快意事。

　　天高气清,平原旷敞,向场圃开窗牖,忽见远山,能不育陶渊明悠然之致耶?

　　凉秋八月,菱藕都肥,水边人家,每撑小艇,深入湖中采取之。夕阳西下，则鲜物满载，间杂鱼虾，想晚归茅庐，苟有解人，无不煮酒灯前也。

天高日晶，庭荫欲稀。明窗净几之间，时来西风几阵，微杂木樨香。不必再读道书，当呼"吾无隐乎尔"矣。

芦花浅水之滨，天高月小之夜，小舟一叶，轻蓑一袭，虽非天上，究异人间。

乱山秋草，高欲齐人。间辟小径，仿佛通幽，夕阳将下，秋树半红。孤影徘徊，极秋士生涯萧疏之致。

荒园人渺，木叶微脱，日落风来，寒蝉凄切，此处著一客中人不得。

浅水池塘，枯荷半黄。水草丛中，红蓼自开。间有红色蜻蜓一二，翩然来去，较寒塘渡鹤图如何？

残月如钩，银河倒泻，中庭无人，有徘徊凄凉露下者乎？

朝曦初上，其色浑黄，树露未干，清芬犹吐，俯首闲步，抵得春来惜花朝起也。

焚一炉香，煮一壶茗，横一张榻，陈一张琴，小院深闭，楼窗尽辟，我招明月，度此中秋。夜半凭栏，歌大苏水调歌头一曲，苍茫四顾，谁是解人？

一友忽笑曰："愈言愈无火药味矣，今日宁可作此想？"又一友曰："即作此想，是江南，不是西蜀也，实类于梦呓！"最后一友笑曰："君不忆抬头见明月，低头思故乡之句乎？日唯贫病是谈，片时作一个清风明月梦也不得，何自苦乃尔？"于是相向大笑。

> **引言**
>
> 秋蝉的衰弱的残声,更是北国的特产;因为北平处处全长着树,屋子又低,所以无论在什么地方,都听得见它们的啼唱。在南方是非要上郊外或山上去才听得到的。这秋蝉的嘶叫,在北平可和蟋蟀耗子一样,简直像是家家户户都养在家里的家虫。

故都的秋

郁达夫

秋天,无论在什么地方的秋天,总是好的;可是啊,北国的秋,却特别地来得清,来得静,来得悲凉。我的不远千里,要从杭州赶上青岛,更要从青岛赶上北平来的理由,也不过想饱尝一尝这"秋",这故都的秋味。

江南,秋当然也是有的;但草木凋得慢,空气来得润,天的颜色显得淡,并且又时常多雨而少风;一个人夹在苏州上海杭州,或厦门香港广州的市民中间,混混沌沌地过去,只能感到一点点清凉,秋的味,秋的色,秋的意境与姿态,总看不饱,尝不透,赏玩不到十足。秋并不是名花,也并不是美酒,那一种半开、半醉的状态,在领略秋的过程上,是不合适的。

不逢北国之秋,已将近十余年了。在南方每年到了秋天,总要想起陶然亭的芦花,钓鱼台的柳影,西山的虫唱,玉泉的夜月,潭柘寺的钟声。在北平即使不出门,就是在皇城人海之中,租人家一椽破屋来住着,早晨起来,泡一碗浓茶、向院子一坐，你也能看得到很高很高的碧绿的天色，听得到青天下驯鸽的飞声。

从槐树叶底，朝东细数着一丝一丝漏下来的日光，或在破壁腰中，静对着像喇叭似的牵牛花（朝荣）的蓝朵，自然而然地也能够感觉到十分的秋意。说到了牵牛花，我以为以蓝色或白色者为佳，紫黑色次之，淡红色最下。最好，还要在牵牛花底，教长着几根疏疏落落的尖细且长的秋草，使作陪衬。

北国的槐树，也是一种能使人联想起秋来的点缀。像花而又不是花的那一种落蕊，早晨起来，会铺得满地。脚踏上去，声音也没有，气味也没有，只能感出一点点极微细极柔软的触觉。扫街的在树影下一阵扫后，灰土上留下来的一条条扫帚的丝纹，看起来既觉得细腻，又觉得清闲，潜意识下并且还觉得有点儿落寞，古人所说的梧桐一叶而天下知秋的遥想，大约也就在这些深沉的地方。

秋蝉的衰弱的残声，更是北国的特产；因为北平处处全长着树，屋子又低，所以无论在什么地方，都听得见它们的啼唱。在南方是非要上郊外或山上去才听得到的。这秋蝉的嘶叫，在北平可和蟋蟀耗子一样，简直像是家家户户都养在家里的家虫。

还有秋雨哩，北方的秋雨，也似乎比南方的下得奇，下得有味，下得更像样。

在灰沉沉的天底下，忽而来一阵凉风，便息列索落地下起雨来了。一层雨过，云渐渐地卷向了西去，天又晴了，太阳又露出脸来了；着着很厚的青布单衣或夹袄的都市闲人，咬着烟管，在雨后的斜桥影里，上桥头树底下去一立，遇见熟人，便会用了缓慢悠闲的声调，微叹着互答着地说：

"唉，天可真凉了——"（这了字念得很高，拖得很长。）

"可不是嘛？一层秋雨一层凉了！"

北方人念阵字，总老像是层字，平平仄仄起来，这念错的歧韵，倒来得正好。

北方的果树，到秋来，也是一种奇景。第一是枣子树；屋角，墙头，茅房边上，灶房门口，它都会一株株地长大起来。像橄榄又像鸽蛋似的这枣子颗儿，在小椭圆形的细叶中间，显出淡绿微黄的颜色的时候，正是秋的全盛时期；等枣树叶落，枣子红完，西北风就要起来了，北方便是尘沙灰土的世界，只有这枣子、柿子、葡萄，成熟到八九分的七八月之交，是北国的清秋的佳日，是一年之中最好也没有的 Golden Days①。

有些批评家说，中国的文人学士，尤其是诗人，都带着很浓厚的颓废色彩，所以中国的诗文里，颂赞秋的文字特别的多。但外国的诗人，又何尝不然？我虽则外国诗文念得不多，也不想开出账来，作一篇秋的诗歌散文钞，但你若去一翻英德法意等诗人的集子，或各国的诗文的

---

① 黄金时代。——编者注。

Anthology①来，总能够看到许多关于秋的歌颂与悲啼。各著名的大诗人的长篇田园诗或四季诗里，也总以关于秋的部分，写得最出色而最有味。足见有感觉的动物，有情趣的人类，对于秋，总是一样的能特别引起深沉、幽远、严厉、萧索的感触来的。不单是诗人，就是被关闭在牢狱里的囚犯，到了秋天，我想也一定会感到一种不能自已的深情；秋之于人，何尝有国别，更何尝有人种阶级的区别呢？不过在中国，文字里有一个"秋士"的成语，读本里又有着很普遍的欧阳子的《秋声》与苏东坡的《赤壁赋》等，就觉得中国的文人，与秋的关系特别深了。可是这秋的深味，尤其是中国的秋的深味，非要在北方，才感受得到的。

南国之秋，当然是也有它的特异的地方的，比如廿四桥的明月，钱塘江的秋潮，普陀山的凉雾，荔枝湾的残荷等等，可是色彩不浓，回味不永。比起北国的秋来，正像是黄酒之与白干，稀饭之与馍馍，鲈鱼之与大蟹，黄犬之与骆驼。

秋天，这北国的秋天，若留得住的话，我愿把寿命的三分之二折去，换得一个三分之一的零头。

---

① 选集。——编者注。

> **引言**
> 故在盛夏闷热时,或在严冬苦寒中,心灵永远如虫类的蛰伏。等到一声秋风吹到人间,也正等于一声春雷震动大地,把一些僵木的灵魂如虫类般地唤醒了。

我愿秋常驻人间

庐　隐

提到秋,谁都不免有一种凄迷哀凉的色调浮上心头;更试翻古往今来的骚人、墨客,在他们的歌咏中,也都把秋染上凄迷哀凉的色调,如李白的《秋思》:"天秋木叶下,月冷莎鸡悲。坐愁群芳歇,白露凋华滋。"柳永的《雪梅香》:"景萧索,危楼独立面晴空,动悲秋情绪,当时宋玉应同。"周密的《声声慢》:"……对西风休赋登楼,怎去得,怕凄凉时节,团扇悲秋。"

这种凄迷哀凉的色调,便是美的元素,这种美的元素只有"秋"才有,也只有在"秋"的季节中,人们才体验得出,因为一个人在感官被极度刺激和压榨的时候,常会使心头麻木。故在盛夏闷热时,或在严冬苦寒中,心灵永远如虫类的蛰伏。等到一声秋风吹到人间,也正等于一声春雷震动大地,把一些僵木的灵魂如虫类般地唤醒了。

灵魂既经苏醒,灵的感官便与世界万汇相接触了。于是见到阶前落叶萧萧下,而联想到不尽长江滚滚来,更因其特别自由敏感的神经,而感到不尽的长江是千古长存,而倏忽了生命譬诸昙花一现。于是悲来填膺,愁绪横生。

这就是提到秋，不免有一种凄迷哀凉的色调浮上心头的原因了。

其实秋是具有极丰富的色彩、极活泼的精神的，它的一切现象，并不像敏感的诗人墨客所体验的那种凄迷哀凉。

当霜薄风清的秋晨，漫步郊野，你便可以看见如火般的颜色染在枫林、柿丛和浓紫的颜色泼满了山巅天际，简直是一个气魄伟大的画家的大手笔任意趣之所之，勾抹涂染，自有其雄伟的风姿，又岂是纤细的春景所能望其项背？

至于秋风的犀利，可以洗尽秋垢；秋月的明澈，可以照浊幽微，秋是又犀利又潇洒，不拘不束的一位艺术家的象征。这种色调，实可以苏醒现代困闷人群的灵魂，因此我愿秋常驻人间！

> **引言**
>
> 自从我们搬到郊外以来,天气渐渐清凉了。那短篱边牵延着的毛豆叶子,已露出枯黄的颜色来,白色的小野菊,一丛丛由草堆里钻出头来,还有小朵的黄花在凉劲的秋风中抖颤。这些景象,最容易勾起人们的秋思,况且身在异国呢!

异国秋思

庐　隐

　　自从我们搬到郊外以来,天气渐渐清凉了。那短篱边牵延着的毛豆叶子,已露出枯黄的颜色来,白色的小野菊,一丛丛由草堆里钻出头来,还有小朵的黄花在凉劲的秋风中抖颤。这些景象,最容易勾起人们的秋思,况且身在异国呢!低声吟着"帘卷西风,人比黄花瘦"之句,这个小小的灵宫,是弥漫了怅惘的情绪。

　　书房里格外显得清寂,那窗外蔚蓝如碧海似的青天,和淡金色的阳光,还有挟着桂花香的阵风,都含了极强烈的、挑拨人类心弦的力量,在这种刺激之下,我们不能继续那死板的读书工作了。在那一天午饭后,波便提议到附近吉祥寺去看秋景,三点多钟我们乘了市外电车前去——这路程太近了,我们的身体刚刚坐稳便到了。走出长甬道的车站,绕过火车轨道,就看见一座高耸的木牌坊,在横额上有几个汉字写着"井之头恩赐公园"。我们走进牌坊,便见马路两旁树木葱茏,绿荫匝地,一种幽妙的意趣,萦缭脑际,我们怔怔地站在树影下,好像身入深山古林了。在那枝柯掩映中,一道金黄色的柔光正荡漾着,使我想象到一个披着金绿柔发的仙女,正赤着足,踏着白云,从这里经过的情景。再向西方看,一抹彩霞,正横在那叠翠的峰峦上,如黑点的飞鸦,穿林翩翻,我一缕的愁心真不知如何安排,我要吩咐征鸿把它带回故国吧!无奈它是那样不着迹地去了。

我们徘徊在这浓绿深翠的帷幔下,竟忘记前进了。一个身穿和服的中年男人,脚上穿着木屐,提塔提塔地来了。他向我们打量着,我们为避免他的觑视,只好加快脚步走向前去。经过这一带森林,前面有一条鹅卵石堆成的斜坡路,两旁种着整齐的冬青树,只有肩膀高,一阵阵的青草香,从微风里荡过来,我们慢步地走着,陡觉神气清爽,一尘不染。下了斜坡,面前立着一所小巧的东洋式茶馆,里面设了几张小矮几和坐褥,两旁列着柜台,红的蜜橘,青的苹果,五色的杂糖,错杂地罗列着。

"呀!好眼熟的地方!"我不禁失声地喊了出来。于是潜藏在心底的印象,陡然一幕幕地重映出来,唉!我的心有些抖颤了,我是被一种感怀已往的情绪所激动,我的双眼怔住,胸膈间充塞着悲凉,心弦凄紧地搏动着,自然是回忆到那些曾被流年蹂躏过的往事。"唉!往事,只是不堪回首的往事呢！"我悄悄地独自叹息着，但是我目前仍然有一幅逼真的图画再现出来……

一群骄傲于幸福的少女们，她们孕育着玫瑰色的希望，当她们将由学校毕业的那一年，曾随了她们德高望重的教师，带着欢乐的心情，渡过日本海来访蓬莱的名胜。在她们登岸的时候，正是暮春三月樱花乱飞的天气。那些缀锦点翠的花树，都是使她们乐游忘倦。她们从天色才黎明，便由东京的旅舍出发，先到上野公园看过樱花的残装后，又换车到井之头公园来。这时疲倦袭击着她们，非立刻找个地点休息不可。最后她们发现了这个位置清幽的茶馆，便立刻决定进去吃些东西。大家团团围着矮凳坐下，点了两壶龙井茶，和一些奇甜的东洋点心，她们吃着喝着，高声谈笑着，她们真像是才出谷的雏莺，只觉眼前的东西，件件新鲜，处处都富有生趣。当然她们是被搂在幸福之神的怀抱里了。青春的爱娇，活泼快乐的心情，她们是多么可艳羡的人生呢！

但是流年把一切都毁坏了！谁能相信今天在这里低回追怀往事的我，也正是当年幸福者之一呢！哦！流年，残刻的流年呵！它带走了人间的爱娇，它蹂躏英雄的壮志，使我站在这似曾相识的树下，只有咽泪，我有什么方法使年光倒流呢！

唉！这仅仅是九年后的今天。呀，这短短的九年中，我走的是崎岖的世路，我攀缘过陡峭的崖壁，我由死的绝谷里逃命，使我尝着忍受由心头淌血的痛苦，命运要我喝干自己的血汁，如同喝玫瑰酒一般……

唉！这一切的刺心回忆，我忍不住流下辛酸的泪滴，连忙离开这容易激动感情的地方吧！我们便向前面野草漫径的小路上走去，忽然听见一阵悲恻的唏嘘声，我仿佛看见张着灰色翅翼的秋神，正躲在那厚密枝叶背后，立时那些枝叶都窸窸窣窣地颤抖起来。草底下的秋虫，发出连续的唧唧声，我的心感到一阵阵的凄冷，不敢向前去，找到路旁一张长木凳坐下。我用呆滞的眼光，向那一片阴阴森森的丛林里睁视，当微风分开枝柯时，我望见那小河里潆潆碧水了。水上皱起一层波纹，一只小划子，从波纹上溜过。两个少女摇着桨，低声唱着歌儿。我看到这里，又无端感触起来，觉得喉头梗塞，不知不觉叹道："故国不堪回首。"同时那北海的红漪清波浮现眼前，那些手携情侣的男男女女，恐怕也正摇着划桨，指点着眼前清丽秋景，低语款款吧！况且又是菊茂蟹肥时候，料想长安市上，车水马龙，正不少欢乐的宴聚，这漂泊异国、秋思凄凉的我们当然是无人想起的。不过，我们却深深地眷怀着祖国，渴望得些好消息呢！况且我们又是神经过敏的，揣想到树叶凋落的北平，凄风吹着、冷雨洒着的这些穷苦的同胞，也许正向茫茫的苍天悲诉呢！唉，破碎紊乱的祖国呵！北海的风光不能粉饰你的寒碜!今雨轩的灯红酒绿,不能安慰忧患的人生,深深眷念祖国的我们,这一颗因热望而颤抖的心,最后是被秋风吹冷了。

> **引言**
>
> 　　这秋阳。——他仿佛叫你想起什么。一个老友的笑容或是你故乡的山水。你看他多镇静，多自在，多可亲可爱，在半枯的草地上躺着，在斑驳的树枝上挂着，在水面上浮着。

秋　阳

徐志摩

　　这秋阳。——他仿佛叫你想起什么。一个老友的笑容或是你故乡的山水。你看他多镇静，多自在，多可亲可爱，在半枯的草地上躺着，在斑驳的树枝上挂着，在水面上浮着。

　　你一直想伸手去把他掏些在掌心里，朵着嘴去亲他一口。

　　要是你是一颗露珠，低低地蹲在草瓣上，他就从东边的树荫里蹿过来，一口噙住了你，叫你一肚子透明的思想显得分外透明。

　　要是你是一只长脊背的翠鸟翘着尾巴，从湖的这边掠到湖的那一边，他就从水面上跳起来在你的羽毛上飞快地印下几颗闪亮的金星。

　　不错，他是一个有心思有恩情的——好朋友。他不嫌农家的稻草，他一样摩挲长得不绽半熟的鲜果，他想法儿去拜会你阁楼上的破旧零星。

　　你一个人坐在屋子里沉思的时候，他隔着窗户在跨着墙的青藤上含着最甜蜜的微笑望着你,意思说:"别愁,朋友,有我在陪着你。"

月亮也是有恩情的,但他更来得殷勤,又好在不露痕迹。他不是一个戴银帽的当差高高地擎着片子说某人送礼来了的那一套,他来就来了,不铺张的,也不让你觉得他轻盈的脚步,也不让你欠身起来让座。

真的,他来就来了,拿着满满的一团温暖揾在你脸上,安在你的手上,窝在你的心里。"留着,别让,"他仿佛说,"这是你的,咱们家里有着呢!"

在花丛里寻香的蝴蝶,懂得他的无限的柔媚,你别淌眼泪,他要你窝在心里留着。

> **引言**
>
> "春"以花艳,"夏"以叶鲜,说到"秋"来,便不能不以林显了。花欲其娇丽,叶欲其密茂,而林则以疏、以落而愈显,茂林、密林、丛林,固然是令人有苍苍翳翳之感,然而究不如秃枯的林木,在那些曲径之旁,飞蓬之下,分外有诗意,有异感。疏枝、霜叶之上,有高苍而带有灰色面目的晴空,有络纬、蟋蟀以及不知名的秋虫凄鸣在林下。

秋林晚步

王统照

"枯桑叶易零,疲客心易惊。今兹亦何早,已闻络纬鸣。回风灭且起,卷蓬息复征。……白杨方萧瑟,坐叹从此生。"

中国文人以"秋"为肃杀凄凉的季节,所以天高日回、烟霏云敛的话,常常在诗文中可以读到。实在由一个丰缛的盛夏,转到深秋,便易觉到萧凄之感。登山临水,偶然看见清脱的峰峦,澄明的潭水,或者一只远飞的孤雁,一片坠地的红叶……这须臾中的间隔,便有"物谢岁微",抚赏怨情的滋味充满心头!因为那凋零的、扫落的、肃杀的、冷静的景物,自然的摇落,是凄零的声,灰淡淡的色,能够使你弹琴没有谐调,饮酒失却欢情。

"春"以花艳,"夏"以叶鲜,说到"秋"来,便不能不以林显了。花欲其娇丽,叶欲其密茂,而林则以疏、以落而愈显，茂林，密林，丛林，固然是令人有苍苍翳翳之感，然而究不如秃枯的林木，在那些曲径之旁，飞蓬之下，分外有诗意，有异感。疏枝、霜叶之上，有高苍而带有灰色面目的晴空，有络纬、蟋蛄以及不知名的秋虫凄鸣在林下。或者是天寒荒野，或者是日暮清溪，在这种地方偶然经过，枫、柏、白杨的挺立，朴实的小树的疲舞，加上一声两声的昏鸦、寒虫，你如果到那里，便自然易生凄寥的感动。常想人类的感觉难加以详密的分析，即有分析也不过是物质上的说明，难得将精神的分化说个详尽。从前见太侔①与人信中说：心理学家多少年的苦心的发明，恒不抵文学家一语道破……所以像为时令及景物的变化，而能化及人的微妙的感觉，这非容易说明的。实感的精妙处，实非言语学问所能说得出，解得透。心与物的应感，时既不同，人人也不相似。"抚己忽自笑，沉吟为谁故？"即合起古今来的诗人，又哪一个能够说得毫无执碍呢？

还是向秋林下作一迟回的寻思吧。是在一抹的密云之后，露出淡赭色的峰峦，那里有陂陀的斜径，由萧疏的林中穿过。矫立的松柏，半落叶子的杉树，以及几行待髡的秋柳……那乱石清流边，一个人儿独自在林下徘徊。天色是淡黄的，为落日斜映，现出凄迷朦胧的景象，不问便知

---

① 沈宗畸，字太侔，清末名士。——编者注。

是已近黄昏了……这已近黄昏的秋林独步，像是一片凄清的音乐由空中流出。

"残阳已下，凉风东升，偶步疏林，落叶随风作响，如诉其不胜秋寒者！……"

这空中的画幅的作者，明明用诗的散文告诉我们秋林下的幽趣，与人的密感。远天下的鸣鸿，秋原上的枯草，正可与这秋林中的独行者相慰寂寞。

秋之凄戾，晚之默对，如果那是个易感的诗人，他的清泪当潸然滴上襟袖；如果他是个少年，对此疏林中的暝色，便又在冥茫之下生出惆怅的心思。在这时所有的生动、激愤、忧切，合成一个密点的网子，融化在这秋晚的憧憬的景物之中，拾不起的，剪不断的，丢不下的，只有凄凄的微感……这微感却正是诗人心中的灵明的火焰！它虽不能烧却野草，使之燎原，然而那无凭的、空虚的感动，已在暮色清寥中，将此奇秘的宇宙，融化成一个原始的中心。

一切精微感觉的压迫我们，只有"不胜"二字足以代表。若使完全容纳在心中，便无复洋溢有余的寻思；若使它隔得我们远远的，至多也不过如看风景画值得一句赞叹。然而身在实感之中，又若"不胜"，于是他不能自禁，也不能想好法来安排了。落叶如"不胜"秋寒，而落叶林下的人儿，恐怕也觉得"不胜秋"了！况且那令人眷念怅寻的黄昏，又加上一层凋零的骚杀的意味呢！

真的，这一幅小小的绘画，将我的冥思引起。疏言画成赠我，又值此初秋，令人坐对着画儿，遥听着海边的落叶声，焉能不有一点莫能言说的惆怅！

> **引言**
>
> 秋天的黄昏比夏天的更好,暮霭像轻纱似的一层一层笼罩上来,迷迷糊糊的雾气被凉风吹散。夜了,反觉得亮了些,天蓝得清清净净,撑得高高的,嵌出晶莹皎洁的月亮,真是濯心涤神,非但忘却追捕、躲避、恐怖、愤怒,直要把思维上腾到国家世界以外去。

秋夜吟

郑振铎

幸亏找到小石。这一年的夏天特别热,整个夏天我以面包和凉开水作为午餐;等太阳下去,才就从那蛰居小楼的蒸烤中溜出来,嘘一口气,兜着圈子,走冷僻的路到他家里,用我们的话,"吃一顿正式的饭"。

小石是一个顽皮的学生,在教室里发问最多,先生们一不小心,就要受窘。但这次在忧患中遇见,他却变得那么沉默寡言了。既不问我为什么不到内地去,也不问我在上海有什么任务,当然不问我为什么不住在庙弄,绝对不问我如今住在什么地方。

我突然找到他了,突然每晚到他家里吃饭了,然而仿佛是平常不过的事,早已如此,一点不突然。料理饮食的也是小石一位朋友的老太太,我们共同享用着正正式式的刚煮好的饭,还有汤——那位老太太在午间从不为自己弄汤菜,那是太奢侈了。——在那里,我有一种安全的感觉。直到有一次我在这"晚宴"上偶然缺席,第二天去时看到他们的脸上是怎样从焦虑中得到解放,才知道他们是如何理解我的不安全。那位老太太手里提着铲刀,迎着我说:"哎呀,郑先生,您下次不来吃饭最好打电话来关照一声啊,我们还当您怎么了呢。"

然而小石连这个也不说。

于是只好轮到我找一点话,在吃过晚饭之后,什么版画、元曲、变文、老庄哲学,都拿来乱谈一顿,自己听听很像是在上文学史课之类,有点可笑。

于是我们就去遛马路。

有时同着二房东的胖女孩,有时拉着后楼的小姐L,大家心里舒舒坦坦地出去"走风凉"。小石是喜欢魏晋风的,就名之谓"行散"。

遛着遛着也成为日课,一直到光脚踏屐的清脆叩声渐渐冷落下来,后门口乘风凉的人们都缩进屋里去了,我们"行散"的兴致依然不减。

秋天的黄昏比夏天的更好,暮霭像轻纱似的一层一层笼罩上来,迷迷糊糊的雾气被凉风吹散。夜了,反觉得亮了些,天蓝得清清净净,撑得高高的,嵌出晶莹皎洁的月亮,真是濯心涤神,非但忘却追捕、躲避、恐怖、愤怒,直要把思维上腾到国家世界以外去。

我们一边走着,一边谈性灵,谈人类的命运,争辩月之美是圆时还是缺时,是微云轻抹还是万里无垠……

小石的住所朝南,是徐家汇路。临着一条河,河南大都是空地和田，没有房子遮着，天空更畅得开，我们从打浦桥顺着河沿往下走，把一道土堆算城墙，又一幢黑黢黢的房屋算童话里的堡垒，听听河水是不是在流。

走得微倦，便靠在河边一株横倒的树干上，大家都不谈话。

可是一阵风吹过来了，夹着河水污浊的气味，熏得我们站起来。这条河在白天原是不可向迩的。"夜只是遮盖，现实到底是现实。不能化腐朽为神奇！"小石叹了口气。

觉着有点凉，我随手取了放在树干上的外衣，想穿。"嗄！"L 叫了起来，"有毛毛虫！"外衣上附着两只毛毛虫呢，连忙抖拍了下去。大家一阵忙，皮肤起着栗，好像有虫在爬。

"不要神经过敏了，听，叫哥哥在叫呢。"

"不，那是纺织娘。"

"哪里，那一定是铜管娘。"

"什么铜管娘，昆虫学里没有的名字。"

其实谁也没有研究过昆虫学，热心地争论起来了，把毛毛虫的不快就此抖掉。

"听，那边更多呢。"

一路倾听过去，忽然有一个孩子的声音叫："在这里了。"

那是一个穿了睡衣裤的小孩，手里执着小竹笼，一条辫子梢上还系着红线，一条辫子已经散了，大概是睡了听见叫哥哥叫得热闹又爬起来的。

"你不要动,等我捉。"铁丝网那边的丛莽中有一个男人在捉,看样子很是外行,拿了盒火柴,一根根划着。

秋虫的声音到处都是,可是去捉呢,又像在这里,又像在那里,孩子怕铁丝网刺他,又急着捉不到,直叫。

小石也钻进丛莽里去了。

一个骑自行车的人经过,也停下来,放好了车,取下了车上的电石灯,也加入去捉了。

这人可是个惯家,捉了一会儿,他说:"不行,这样,你拿着灯,我们来捉。"原来的男人很听话地赶快把灯接过来,很合拍地照亮着。

果然,不一会儿,骑自行车的人就捉到了一只,大家钻出来,孩子喜欢得直跳。

骑自行车的人大大的手里夹着叫哥哥,因为感觉到大家欣赏他的成功而害羞,怯怯地说道:"给谁呢?给谁呢?"

原来在捉的男人就推给小石说:"先给他吧,他不会捉的。"孩子也说:"给你吧,我们还好再捉。"

小石被这亲热的推让和赠予弄得不好意思起来,连忙走开去,说:"哪里,哪里,我原不想要,我是帮你们捉的,"想想自己又不会捉,又改说,"我不过凑凑热闹。"

我们也说:"小妹妹别客气了,把它放在笼子里吧,看跳掉了。"

那个孩子才欢欢喜喜感谢地要了,男人和骑自行车的又钻进丛莽中去。

小石一边走,一边笑,一边咕噜:"我又不是小孩子,推给我做什么。"

L说:"人家当你比那个小孩还小啦,这又有什么可脸红的呢。"

于是小石就辩了:"月亮光底下看得出脸红脸白吗?"

其实我们大家都饫饮这善良的温情而陶然了。

走得很远,回过头去,还看得见丛莽里一闪一闪亮着自行车的摩电灯。

> **引言**
>
> 请你在秋天来。那城,那河,那古路,那山影,是终年给你预备着的。可是,加上济南的秋色,济南由古朴的画境转入静美的诗境中了。这个诗意秋光秋色是济南独有的。上帝把夏天的艺术赐给瑞士,把春天的赐给西湖,秋和冬的全赐给了济南。秋和冬是不好分开的,秋睡熟了一点便是冬,上帝不愿意把它忽然唤醒,所以作个整人情,连秋带冬全给了济南。

济南的秋天

老 舍

济南的秋天是诗境的。设若你的幻想中有个中古的老城,有睡着了的大城楼,有狭窄的古石路,有宽厚的石城墙,环城流着一道清溪,倒映着山影,岸上蹲着红袍绿裤的小妞儿。你的幻想中要是这么个境界,那便是个济南。设若你幻想不出——许多人是不会幻想的——请到济南来看看吧。

请你在秋天来。那城,那河,那古路,那山影,是终年给你预备着的。可是,加上济南的秋色,济南由古朴的画境转入静美的诗境中了。这个诗意秋光秋色是济南独有的。上帝把夏天的艺术赐给瑞士,把春天的赐给西湖,秋和冬的全赐给了济南。秋和冬是不好分开的,秋睡熟了一点便是冬,上帝不愿意把它忽然唤醒,所以作个整人情,连秋带冬全给了济南。

诗的境界中必须有山有水。那么，请看济南吧。那颜色不同、方向不同、高矮不同的山，在秋色中便越发地不同了。以颜色说吧，山腰中的松树是青黑的，加上秋阳的斜射，那片青黑便多出些比灰色深、比黑色浅的颜色，把旁边的黄草盖成一层灰中透黄的阴影。山脚是镶着各色条子的，一层层的，有的黄，有的灰，有的绿，有的似乎是藕荷色儿。山顶上的色儿也随着太阳的转移而不同。山顶的颜色不同还不重要，山腰中的颜色不同才真叫人想作几句诗。山腰中的颜色是永远在那儿变动，特别是在秋天，那阳光能够忽然清凉一会儿，忽然又温暖一会儿，这个变动并不激烈，可是山上的颜色觉得出这个变化，而立刻随着变换。忽然黄色更真了一些，忽然又暗了一些，忽然像有层看不见的薄雾在那儿流动，忽然像有股细风替"自然"调和着彩色，轻轻地抹上一层各色俱全而全是淡美的色道儿。有这样的山，再配上那蓝的天，晴暖的阳光；蓝得像要由蓝变绿了，可又没完全绿了；晴暖得要发燥了，可是有点凉风，正像诗一样的温柔；这便是济南的秋。况且因为颜色的不同，那山的高低也更显然了。高的更高了些，低的更低了些，山的棱角曲线在晴空中更真了，更分明了，更瘦硬了。看山顶上那个塔！

　　再看水。以量说，以质说，以形式说，哪儿的水能比济南？有泉——到处是泉——有河，有湖，这是由形式上分。不管是泉是河是湖，全是那么清，全是那么甜，哎呀，济南是"自然"的Sweet heart[①]吧？大明湖夏日的莲花，城河的绿柳，自然是美好的了。可是看水，是要看秋水的。济南有秋山，又有秋水，这个秋才算个秋，因为秋神是在济南住家的。先不用说别的，只说水中的绿藻吧。那份儿绿色，除了上帝心中的绿色，恐怕没有别的东西能比拟的。这种鲜绿全借着水的清澄显露出来，好像美人借着镜子鉴赏自己的美。是的，这些绿藻是自己享受那水的甜美呢，不是为谁看的。它们知道它们那点绿的心事，它们终年在那儿吻着水皮，做着绿色的香梦。淘气的鸭子，用黄金的脚掌碰它们一两下。浣女的影儿，吻它们的绿叶一两下。只有这个，是它们的香甜的烦恼。羡慕死诗人呀！

在秋天，水和蓝天一样的清凉。天上微微有些白云，水上微微有些波皱。天水之间，全是清明、温暖的空气，带着一点桂花的香味。山影儿也更真了。秋山秋水虚幻地吻着。山儿不动，水儿微响。那中古的老城，带着这片秋色秋声，是济南，是诗。

要知济南的冬日如何，且听下回分解。

[①] 情人。——编者注。

> **引言**
> 立秋以后,别处天气渐凉,此地反倒热起来;朋友们逐渐走去,车站码头送别,"明夏再来呀!"能不黯然销魂!

立秋后

老 舍

去年来青岛,已是秋天。秋水秋山,红楼黄叶,自是另一番风味;虽未有见到夏日的热闹,可是秋夜听潮,或海岸独坐,亦足畅怀。

秋去冬来,野风横吹,湿冷入骨;日落以后,市上海滨俱少行人;未免觉得寂苦。

春到甚迟,直到樱花开了,才能撤去火炉,户外活动渐渐增多,可是春假里除了崂山旅行,也还想不出更好的办法。

六七月之间才真看到青岛的光荣,尤其是初次看到,更觉得有点了不得。可是一两星期过去,又仿佛没有什么了:士女是为避暑而来,自然表现着许多洋习气,以言文化,乃在蔻丹指甲与新奇浴衣之间,所谓浪漫,亦不过买票跳舞,喝冷咖啡而已。闭户休息,寂寞不减于冬令,自叹命薄福浅!

有一件事是可喜的,即夏日有会友的机会。别已二年五载,忽然相值,相与话旧,真一乐事。再说呢,一向糊口四方,到处受友人的招待,今则反落为主,略尽地主之谊,也能更明白些交友的道理。况且此地是世外桃源,平日少见寡闻,于今各处朋友带来各处消息,心泉渐活,又回到人间,不复梦梦。

立秋以后,别处天气渐凉,此地反倒热起来;朋友们逐渐走去,车站码头送别,"明夏再来呀!"能不黯然销魂!

> **引言**
>
> 今夜，西风扑了一个满窗，听四野的秋声又起，遂忽然在脑际浮起了这被掩埋着的比喻，复喜你远道来望我的厚意，并且看你的衣衫上赉着一襟秋凉，未免有几分怀感，所以便谈起秋来了。

秋

陆 蠡

秋是精修的音乐师（Virtuoso），而是绘画的素手（Amateur），一天我作了这样的发现。这平凡的发现于我成了一种小小的秘密。当时我想在地上挖个窟窿，把这秘密偷偷地告诉给它，心怕瑟瑟的衰柳是一个嘴巴不稳的虔婆，则我将成为可笑的人了，便始终不曾这样做。今夜，西风扑了一个满窗，听四野的秋声又起，遂忽然在脑际浮起了这被掩埋着的比喻，复喜你远道来望我的厚意，并且看你的衣衫上赉着一襟秋凉，未免有几分怀感，所以便谈起秋来了。

我爱秋，我爱音乐，也爱绘画。倘使你不嫌我这样的说法，不嫌我用这样无奇的笔调作故事的开头，让我告诉你一个拙于手和笔者的悲哀吧。在一个秋天——八年前的秋天——夜里。旋风在平地卷起尘沙，庭院的拐角堵风的所在——学校的庭院，那时我是一个不折不扣的学生哩——处处积着梧桐树和丹枫的广阔的黄地红斑的落叶，人走过时沙沙作响。这时候却没有殷勤的校役用粗笨的扫寻东一下西一下地把枯叶堆聚拢来，在庭院的空地上点起一把火，好像菩萨庙前的庭燎；或是用一根头端插着粗铁丝的竹棒逐枚地捡拾着零散的叶子，放在腰边的一只竹篓里——这些，我总嫌是多事的——这是一个刮风的夜，一个萧索的夜，旦夕将死的秋虫的鸣声愈见微弱可哀了。我们是在学校的琴室里面，我们在教师的面前复习着半周来熟练着的指定的琴课。我们一共八九个人，有的练习着 Beyer[①] 初级课本，有的使劲地敲着单调乏味的 Hanon[②] 指法，有的弹到 Sonata in C Major[③]。我呢，正学习着一支 Sonatina[④]，哪一支呢现在我记不得，总之那本厚厚的 Album[⑤] 中书页子的半数是给我揉得漆黑而角上也皱卷得不成样了。教师严格地指摘着每一个音符的指触和旋律的起承转合，时常用他的粗大的手指敲着每一个弹错了的音键，唤起你的注意。那天晚上我不知怎的总是注意到屋外的风声，似乎在担心着屋前蛐蛐儿叫着的秋虫的命运。直到一个同学在我的臂上拧了一下，我才知道是轮到我复习的时候了，望着严峻的教师，心中便有几分惴惴。第一节过后变调的地方便弄错了。"E flat, E flat！[⑥]"巨大的毛

---

① 拜厄。——编者注。
② 哈农。——编者注。
③ C 大调奏鸣曲。——编者注。
④ 小奏鸣曲。——编者注。
⑤ 音乐专辑。——编者注。
⑥ E 降半音。——编者注。

手掠过我的面前，粗的手指落在一个黑键上。我手法更乱了，脸红了起来。"Staccato，Staccato！①"教师喊着说，我好像没有听见他的话，自顾自地胡乱弹了一通。终了的时候，教师皱着眉一声不响，在谱上批了 Repeat on Next Monday② 几个红铅笔粗字。当时我就想：假如我有一支画笔，安知我不能描出这人间的歌曲，这万籁的声音，悲壮的，凄凉的，急骤的，幽静的，夏午静睡着的山谷里生物的嘘息，秋宵月光下烟般飘散着大自然的低吟，于是遂生了畏难之心。等到后来每逢听到珠般圆润的琴声而妒羡着如风般滑过黑白相错的键盘的手时，我是失去我的机会了。

于是复在另一个秋天——四年前的秋天，我已经在一个没落的古城中的一个学校里做一群孩子的导师了——我从城里乘车到离城三四十里外的分校去，是早晨，天色是蒙暗的，没太阳。空气中浮悬着被风刮起来的尘土，四周望去是黄褐色的一圈，头顶上是鼠灰色的大圆块。啊！我在溪岸望见一片芦花！在灰色的天空下摇摆着啊摇摆着！"多拙劣的设色！"我想。回来的时候我便在一张中国纸上涂了一层模拟天色的极淡极淡的花青，用淡墨和浓沈斜的纵的撇出长剑似的芦叶，赭黄的勾竖算是穗和梗，点点的白粉是代表一片芦花……水天相接的远处，三三两两地投下一些白点，并且还想在上边加上一笔山影……右角天空

---

① 断音。——编者注。
② 下周一重复。——编者注。

空白的地方我预备写上这样的两行诗句：

是西风错漏出半声轻叹，
秋葭一夜就愁白了头啦。

但是，啊！我笔底所撇的只是一堆乱草，毫无遒劲之致。而芦穗则是硬挺挺的像柄扫帚，更不消说有在西风里偃俯的样子。我生气了，我掷下笔，撕碎了纸，泼翻了花青，我感到一阵悲哀。我抱怨天赋我的这双笨拙的手。不然，生活便增添了多少的点缀呢！

但是幻想并不能消灭。昨晚，友人持来一枝芦花，插在我的花瓶里——这瓶里从来不曾插过什么花——说："送你一个秋。"真的，当灯光把芦花的影放大映在壁上，现出幢幢的黑影来时，我感到四壁皆秋了。夜里，我梦见芦花摇落了一床，像童话中的公主，睡在厚厚的天鹅绒的茵褥上，我是睡在芦花的茵褥上，绵软而舒适，并且还闻着新刈的干草的香。我很满意，但是仍然辗转睡不着，似乎有一颗幻想的豆大的东西透过厚软的褥子，抵住我的脊心……

"那你是一位真正的皇子了……"

我又继续着晚秋的梦……这回我是到我所熟识的溪畔来了。仍是夜里，头上的天好像穿了许多小孔的蓝水晶的盖，漏下粒粒的小星，溪中显出的是蓝水晶的底，铺满了粒粒的小星,而我却在这底和盖的中间,好像嵌在水晶球里的人物。我疑心脚步重点便会把它踹破了,所以我便静静地望着,静静地听,听啊,谁在吹起芦荻来了。

一枝小芦荻,
采自溪之滨。
溪水清且涟,
荻韵凄复清。
一枝小芦荻,
长自溪之滨。
吹起小芦荻,
能使百草惊。
宿鸟为我啼,
流水为我吟。
吹起小芦荻,
万籁齐和应。
深夜漫行者,
闻吾芦荻声。
若明又若暗,
或远又或近。
深夜漫行者,
随我荻声行。
一枝小芦荻,
采自溪之滨。

……

我的眼光随着歌声望去。心想:"谁在吹这芦荻呢?"但是星光底下甚为朦胧。我从纵横交错的叶底望去,仿佛看到一个白色的人影,靠坐在芦叶编成的吊床上随风摇摆着身躯哩。这是诱人的女水妖还是像我一样的秋的礼赞者呢?我想。我试"啊哈!"呛咳一声惊她一惊,人影消失了。睁眼一看,乃是一片芦花!我惘然。我悟及我所听到的是我从前哼过的一支短歌,是孩子时唱的短歌,适才不留神间脱口而出了。我怔着。若不是天空一声嘹亮的唳声唤回我的意识,大约还待在那里,对芦花作一番惆怅!

"我倒乐意听你的无稽之梦,且让我提起一句古话:说'痴人说……'什么的啊!你皱起眉头来吗?"

我也不难告诉你一些不是梦的东西。但是你相信那些都是真实的吗?不过我所谈的殊不值得一哂。风劲了,倘不想睡,你得多添一件夹衣。

> **引言**
>
> 　　细雨仍然只是疏疏落落地下着,下得不大,却使人生出了异样的烦恼。不时,有一两滴雨水从檐间滴了下来,打在水门汀的石地上,发出空洞而且寂寞的响声,一下,二下,等不到第三下,就没有了,只好忍耐着再等。然后,经过了许久,才听见水门汀上又是空洞而且寂寞地响了,仍然是一下,二下。

秋

丽　尼

　　冷风飒飒地卷动了落在马路上的枯叶,于是,秋天就慢慢地深了。

　　细雨没有休止地落着,如同一些散乱的游丝,随着风布满了整个低沉的天空。几日以来,一到傍晚,这样的细雨就没有理由地落起来了。

　　沿着江岸,我走过了两个码头,但是,并没有看见一只新来的船只,夜工显然是无望的。年久失修的水门汀路上,渍着一团一团的小水荡,我不时把足趾踏到那些小涡里去,试探着它们的深浅。

　　夜是凄凉的,又加上这样的风雨。路上没有同伴,几乎连过路的人也难得看见。将近海关码头的时候,在一个竖立着蚌壳招牌的汽油站前面,我停下来,把裹在身上的衣服更紧了一紧。

　　气候的转变是迅速的。不几天以前,天气还是那样燠热,而现在,江风却已经使人感觉寒冷了。风在江边呼啸。一阵冷风过去之后,一堆一堆的梧桐叶就索索地卷动了起来,发出一阵令人极其难受的声音。

我站在汽油站的廊檐下面,因为这惨淡的景象的重压,而感觉了忧愁。

江岸是寂寞的。在白天,这里曾经喧嚷过许多的生命的叫嚣。人们在阴郁的天气里扛着各种各色的负载,从轮船的起重机旁跑到堆栈的深而且大的肚腹里去,又从那肚腹里带着新的负载,回到轮船上来,叫着,嚷着,呻吟着。手里握着皮鞭的看码头的人,站满在跳板上头,横着眼,把每一个人都当作强盗,然而,扛着负载的人们一走到他们面前,却把叫嚷和呻吟故意似的拖得更长,而且提到更高了。

如今,这一切的声音全都死去,所余下的只有风雨和一个黑暗的夜。

我站在汽油站的廊檐下面,忧郁地看着那些迷糊的路灯。整个的都市,几乎全都隐藏在黑夜的雨丝之中了。黑夜的都市!在那都市里面,人们是在怎样生活呢?夜生活将要开始了,疲倦而疯狂的人们,在雨夜的街市上会更为拥挤,拥过来,又挤过去,一直到天明将近的时候,于是,整个的城市也就死去了。

细雨仍然只是疏疏落落地下着,下得不大,却使人生出了异样的烦恼。不时,有一两滴雨水从檐间滴了下来,打在水门汀的石地上,发出空洞而且寂寞的响声,一下,二下,等不到第三下,就没有了,只好忍耐着再等。然后,经过了许久,才听见水门汀上又是空洞而且寂寞地响了,仍然是一下,二下。

"为什么不下得更大一点呢?"牵了牵被雨丝飘得透湿的衣裳,我怨恨地想了。

汽油站是空洞的,玻璃门锁着,里面没有一个人影。陈列窗里陈列着一些长圆形和长方形的油罐,和一些奇形怪状的零件。对于这些,我不知为了什么,忽然深深地憎恶起来。一辆汽车湿淋淋地驶进站里来,但是,连停也不曾停,看见站里外面的愤怒的江涛。

"生活开始了——明天?明天也许是一个晴天吧?"

于是,折转身来,我向着码头走了过去。细雨仍然飞着。浮跳随着波浪升跌。一路之上,我计算着明天将要抵埠的船,而海关钟就零零落落地敲过十二下了——已经是最后一次报时的时候。

> **引言**
>
> 　　往日，那是什么日子？只要把种子撒在地上，就是收成。手和足还有什么用啊！
> 　　村里的人会酿酒，会织布，会笑，会唱歌。
> 　　工作里面有着快乐。只要得到了五串钱，可不是就有一亩自己的土地？

秋　夜

丽　尼

　　四个人在田间的小径上移动着，如同四条影子，各人怀抱着自己的寂寞，和世界的愁苦。

　　月色是迷蒙的，村庄已经遥远了。

　　小溪之中没有流水，田间没有庄稼。

　　路旁坟上的古柏，在月光之下显得更其憔悴而苍老了。

　　唯有秋风是在忧愁地吹。

　　没有夜露。

　　没有目的的旅程，向着什么地方去的呢？世界是一个大的荒原。

　　只是如影子一般地沉默着啊。

　　低着头，看着自己的影子没在黄尘之中，想着被留在故乡的人们的命运。

　　往古的日子回到记忆中来，那些日子，如今是不会有的了。

于是，脚步渐渐地移动得更为缓慢。

往日，那是什么日子？只要把种子撒在地上，就是收成。手和足还有什么用啊！

村里的人会酿酒，会织布，会笑，会唱歌。

工作里面有着快乐。只要得到了五串钱，可不是就有一亩自己的土地？

青苗是可爱的；土地散发着芳香。

然而，土地却渐渐地变成荒芜，渐渐地不属于自己了。

四个人寂寞地移动着，如同四条影子。

乌云却围合了上来，罩住了整个的大地。

"就是能够下雨吧，下雨又有什么用？从枯槁的干草和别人的田禾里能够希望收成吗？出去了的人就没有能够回来的；从往古直到现在，永远是这个道理。"

于是，沉默地走着了，走向着不可知的土地。

在心底，不知不觉地闯入了客死他乡的哀愁。

寻水的田蛙被饥饿的土蛇追赶着，发出了哀哀的鸣声。

秋风在田野之中作着不可以理解的咒语。

"黑暗里面还有前途吗？"

于是，哀愁的心如铅一般地沉落了，给每个人加上了重负。
　　移动着，寂寞的，四条影子，被埋在黑暗的怀中。

> **引言**
>
> 苏州的这九九歌比别处都好，因为它最能代表穷汉的意思来。别本说，"九九八十一，犁耙一齐出"，只表出农家的事情，这里却说"穷汉受罪毕，刚要伸脚眠，蚊虫虼蚤出"。与上文的"不要舞，还有春寒四十五"相同，表示出穷人的困难。这里虽然显然经过文人的加工，但表同情于穷汉，可见原来的平民的色彩，也仍然保留着很多的了。

冬至九九歌

周作人

夏至冬至以后，皆有"九九"之说，计算寒暑的变化。不过夏天人家不大注意，让它一天天地过去就是了。冬天冷得难受，便要计较它，看它冷到怎样程度了。这情形在北方尤其突出。但北京的九九歌我找不着，姑且以苏州的为例，依照《清嘉录》里所载的录出如下：

一九二九，相唤勿出手。
三九廿七，篱头吹觱篥。
四九三十六，夜眠如露宿。
五九四十五，穷汉街头舞。
不要舞，不要舞，还有春寒四十五。
六九五十四，苍蝇躲屋栿。
七九六十三，布衲两肩摊。

八九七十二，猫狗躺阴地。
九九八十一，穷汉受罪毕。
刚要伸脚眠，蚊虫虼蚤出。

这里应当有小小说明。"相唤勿出手"的"相唤"，似乎费解，难道互相呼唤要用手乱招的吗？这"相唤"乃系古语，现在已不通行，见于《清嘉录》，可见本是吴语，但在宁波绍兴地方最近还是用着，直到近四十年遂归废弃了。这相唤的意思即是作揖。小说书中则称"唱喏"，盖当初见人作揖的时候，一面嘴里说一句什么话，或是叫一声，所以有此名称。有好古的人要写作"相欢"，实在无此必要。《老学庵笔记》说最初唱喏有声，后来不唱了，称曰"哑喏"。小说里有"唱肥喏"之说，那大约是指两臂作圈那一种拱揖式吧。

其次"八九"这一句里，用了一个替代字，写作"阴"字了，其实应读作去声的。此字本从三点水加一个"阿訇"的"訇"字，读作印。《世说新语》里说王家子弟作吴语，有这个字，意思是说凉而不寒，夏天就棋枰（大概是漆器）去靠肚皮，这一句最能表得出这种感觉。

苏州的这九九歌比别处都好，因为它最能代表穷汉的意思来。别本说，"九九八十一，犁耙一齐出"，只表出农家的事情，这里却说"穷汉受罪毕，刚要伸脚眠，蚊虫虼蚤出"。与上文的"不要舞，还有春寒四十五"相同，表示出穷人的困难。这里虽然显然经过文人的加工，但表同情于穷汉，可见原来的平民的色彩，也仍然保留着很多的了。

> **引言**
>
> 下雪原是我所不憎厌的,下雪的日子,室内分外明亮,晚上差不多不用燃灯。远山积雪足供半个月的观看,举头即可从窗中望见。

白马湖之冬

夏丏尊

在我过去四十余年的生涯中,冬的情味尝得最深刻的,要算十年前初移居白马湖的时候了。十年以来,白马湖已成了一个小村落,当我移居的时候,还是一片荒野。春晖中学的新建筑巍然矗立于湖的那一面,湖的这一面的山脚下是小小的几间新平屋,住着我和刘君心如两家。此外两三里内没有人烟。一家人于阴历十一月下旬从热闹的杭州移居这荒凉的山野,宛如投身于极带中。

那里的风,差不多日日有的,呼呼作响,好像虎吼。屋宇虽系新建,构造却极粗率,风从门窗隙缝中来,分外尖削,把门缝窗隙厚厚地用纸糊了,缝中却仍有透入。风刮得厉害的时候,天未夜就把大门关上,全家吃毕夜饭即睡入被窝里,静听寒风的怒号,湖水的澎湃。靠山的小后轩,算是我的书斋,在全屋子中风最小的一间,我常把头上的罗宋帽拉得低低的,在洋灯下工作至夜深。松涛如吼,霜月当窗,饥鼠吱吱在承尘[①]上奔窜。我于这种时候深感

[①] 天花板。——编者注。

到萧瑟的诗趣，常独自拨划着炉灰，不肯就睡，把自己拟诸山水画中的人物，作种种幽邈的遐想。现在白马湖到处都是树木了，当时尚一株树木都未种。月亮与太阳都是整个儿的，从上山起直要照到下山为止。太阳好的时候，只要不刮风，那真和暖得不像冬天。一家人都坐在庭间曝日，甚至于吃午饭也在屋外，像夏天的晚饭一样。日光晒到哪里，就把椅凳移到哪里，忽然寒风来了，只好逃难似的各自带了椅凳逃入室中，急急把门关上。在平常的日子，风来大概在下午快要傍晚的时候，半夜即息。至于大风寒，那是整日夜狂吼，要二三日才止的。最严寒的几天，泥地看去惨白如水门汀，山色冻得发紫而黯，湖波泛深蓝色。

　　下雪原是我所不憎厌的，下雪的日子，室内分外明亮，晚上差不多不用燃灯。远山积雪足供半个月的观看，举头即可从窗中望见。可是究竟是南方，每冬下雪不过一二次。我在那里所日常领略的冬的情味，几乎都从风来。白马湖的所以多风，可以说有着地理上的原因。那里环湖都是山，而北面却有一个半里阔的空隙，好似故意张了袋口欢迎风来的样子。白马湖的山水和普通的风景地相差不远，唯有风却与别的地方不同。风的多和大，凡是到过那里的人都知道的。风在冬季的感觉中，自古占着重要的因素，而白马湖的风尤其特别。

　　现在，一家僦居上海多日了，偶然于夜深人静时听到风声，大家就要提起白马湖来，说："白马湖不知今夜又刮得怎样厉害哩！"

> **引言**
>
> 　　一提到雨,也就必然地要想到雪:"晚来天欲雪,能饮一杯无?"自然是江南日暮的雪景。"寒沙梅影路,微雪酒香村",则雪月梅的冬宵三友,会合在一道,在调戏酒姑娘了。"柴门闻犬吠,风雪夜归人",是江南雪夜,更深人静后的景况。"前村深雪里,昨夜一枝开"又到了第二天的早晨,和狗一样喜欢弄雪的村童来报告村景了。诗人的诗句,也许不尽是在江南所写,而作这几句诗的诗人,也许不尽是江南人,但假了这几句诗来描写江南的雪景,岂不直截了当,比我这一支愚劣的笔所写的散文更美丽得多?

江南的冬景

郁达夫

　　凡在北国过过冬天的人,总都知道围炉煮茗,或吃涮羊肉,剥花生米,饮白干的滋味。而有地炉、暖炕等设备的人家,不管它门外面是雪深几尺,或风大若雷,而躲在屋里过活的两三个月的生活,却是一年之中最有劲的一段蛰居异境。

　　老年人不必说,就是顶喜欢活动的小孩子们,总也是个个在怀恋的,因为当这中间,有的是萝卜、雅儿梨等水果的闲食,还有大年夜、正月初一、元宵等热闹的节期。

　　但在江南,可又不同;冬至过后,大江以南的树叶,也不至于脱尽。寒风——西北风——间或吹来,至多也不过冷了一日两日。到得灰云扫尽,落叶满街,晨霜白得像黑女脸上的脂粉似的清早，太阳一上屋檐，鸟雀便又在吱叫，泥地里便又放出水蒸气来，老翁小孩就又可以上门前的隙地里去坐着曝背谈天，营屋外的生涯了。这一种江南的冬景，岂不也可爱得很吗？

我生长江南，儿时所受的江南冬日的印象，铭刻特深；虽则渐入中年，又爱上了晚秋，以为秋天正是读读书、写写字的人的最惠节季，但对于江南的冬景，总觉得是可以抵得过北方夏夜的一种特殊情调，说得摩登些，便是一种明朗的情调。

我也曾到过闽粤，在那里过冬天，和暖原极和暖，有时候到了阴历的年边，说不定还不得不拿出纱衫来着；走过野人的篱落，更还看得见许多杂七杂八的秋花！一番阵雨雷鸣过后，凉冷一点；至多也只好换上一件夹衣，在闽粤之间，皮袍棉袄是绝对用不着的；这一种极南的气候异状，并不是我所说的江南的冬景，只能叫它作南国的长春，是春或秋的延长。

江南的地质丰腴而润泽，所以含得住热气，养得住植物；因而长江一带，芦花可以到冬至而不败，红叶有时候会保持三个月以上的生命。像钱塘江两岸的乌桕树，则红叶落后，还有雪白的桕子着在枝头，一点一丛，用照相机照将出来，可以乱梅花之真。草色顶多成了赭色，根边总带点绿意，非但野火烧不尽，就是寒风也吹不倒的。若遇到风和日暖的午后，你一个人肯上冬郊去走走，则青天碧落之下，你不但感觉不到岁时的肃杀，并且还可以饱觉着一种莫名其妙的含蓄在那里的生气；"若是冬天来了，春天也总马上会来"的诗人的名句，只有在江南的山野里，最容易体会得出。

　　说起了寒郊的散步，实在是江南的冬日，所给予江南居住者的一种特异的恩惠；在北方的冰天雪地里生长的人，是终他的一生，也绝不会有享受这一种清福的机会的。我不知道德国的冬天，比起我们江浙来如何，但从许多作家的喜欢以Spaziergang[①]一字来作他们的创造题目的一点看来，大约是德国南部地方，四季的变迁，总也和我们的江南差不多。譬如说十九世纪的那位乡土诗人洛在格（Peter Rosegger，1843—1918）吧，他用这一个"散步"作题目的文章尤其写得多，而所写的情形，却又是大半可以拿到中国江浙的山区地方来适用的。

　　江南河港交流，且又地滨大海，湖沼特多，故空气里时含水分；到得冬天，不时也会下着微雨，而这微雨寒村里的冬霖景象，又是一种说不出的悠闲境界。你试想想，秋收过后，河流边三五家人家会聚在一道的一个小村子里，门对长桥，窗临远阜，这中间又多是树枝槎丫的杂木树林；在这一幅冬日农村的图上，再洒上一层细得同粉也似的白雨，加上一层淡得几不成墨的背景，你说还够不够悠闲？若再要点景致进去，则门前可以泊一只乌篷小船，茅屋里

---

① 散步。——编者注。

可以添几个喧哗的酒客,天垂暮了,还可以加一味红黄,在茅屋窗中画上一圈暗示着灯光的月晕。人到了这一个境界,自然会得胸襟洒脱起来,终至于得失俱亡,死生不问了;我们总该还记得唐朝那位诗人作的"暮雨潇潇江上村"的一首绝句吧?诗人到此,连对绿林豪客都客气起来了,这不是江南冬景的迷人又是什么?

一提到雨,也就必然地要想到雪:"晚来天欲雪,能饮一杯无?"自然是江南日暮的雪景。"寒沙梅影路,微雪酒香村",则雪月梅的冬宵三友,会合在一道,在调戏酒姑娘了。"柴门闻犬吠,风雪夜归人",是江南雪夜,更深人静后的景况。"前村深雪里,昨夜一枝开"又到了第二天的早晨,和狗一样喜欢弄雪的村童来报告村景了。诗人的诗句,也许不尽是在江南所写,而作这几句诗的诗人,也许不尽是江南人,但假了这几句诗来描写江南的雪景,岂不直截了当,比我这一支愚劣的笔所写的散文更美丽得多?

有几年,在江南也许会没有雨没有雪的过一个冬,到了春间阴历的正月底或二月初再冷一冷下一点春雪的;去年(一九三四)的冬天是如此,今年的冬天恐怕也不得不然,以节气推算起来,大约太冷的日子,将在一九三六年的二月尽头,最多也总不过是七八天的样子。像这样的冬天,乡下人叫作旱冬,对于麦的收成或者好些,但是人口却要受到损伤;旱得久了,白喉、流行性感冒等疾病自然容易上身,可是想恣意享受江南的冬景的人,在这一种冬天，倒只会得到快活一点，因为晴和的日子多了，上郊外去闲步逍遥的机会自然也多；日本人叫作 Hi-king[1]，德国人叫作 Spaziergang[2] 狂者，所最欢迎的也就是这样的冬天。

　　窗外的天气晴朗得像晚秋一样；晴空的高爽，日光的洋溢，引诱得使你在房间里坐不住，空言不如实践，这一种无聊的杂文，我也不再想写下去了，还是拿起手杖，搁下纸笔，上湖上散散步吧！

---

① 徒步旅行。——编者注。
② 散步。——编者注。

> **引言**
>
> 我国的立冬,是在表示将来了,冬尚未完,人在怕冷的时候,立春之声,给我们抱着"冬天已到,春亦不远"的安慰,所以我爱用中国式的四季。不过历尽可以用,我爱用新历。

冬

陶晶孙

冬有三种,一种是天文学的冬,它是冬至到春分;一种是气象学的冬,它是十二月到二月底;一种是中国的冬,它是立冬到立春。

这三种冬,中国的冬最早,天文学的冬最迟,现在十一月,我国已算冬天了,可是气象正是秋高气爽之时,而"外国冬至",即圣诞节,才是天文上的冬。

我国的立冬,是在表示将来了,冬尚未完,人在怕冷的时候,立春之声,给我们抱着"冬天已到,春亦不远"的安慰,所以我爱用中国式的四季。不过历尽可以用,我爱用新历。

我是生在江南的人留学外国,回来见中国人受了久年的殖民地支配,因此根性已变恶劣而痛恨,可是走上我的父亲所宝贝酷爱的五亩田,见他的黄金色之稻,乡人给他刈成稻堆,就忆起我在八九岁之时,和将来成为我的废洋伞①的小女,在这成熟了的稻田之中,我捉一只蚱蜢给她,

---

① fiancee 的音译,未婚妻。——编者注。

她好像在怕，同时又有些害羞，接受我的赠品，那个时候我还不解恋爱，不过我已解女子之美，我爱我们江南暖旺旺的冬天。

苛烈之冬不是那么样暖旺旺的，留学日本，大学毕业了，官费已被革了，父亲的津贴也停给了，文学谈得十分够，泳游着的莫泊桑等不爱他，苦闷的我国文学谈不了，只爱大陆的古典而引起日耳曼的哲学的苦闷，在苦闷之中，向日本的北方的都会找真理而去。

北方的杉枞等树，繁茂着，像谈英文的仙女乡，树下暗，像有仙女和小人要出来，而密林上盖着雪，雪，雪，雪。

渴望着的学都在白雪之中，白雪之中有密林，密林之上有白雪，白雪之间有青色的小河，小河之旁是绝壁。

密林之间，白雪之中有学舍，之内有哲学，哲学之难，令人惊叹。

一天，冰雪之中，有暖旺旺的一个窗子，立在窗下听着比牙琴之声，而他的曲是 Troika[①] 的那一个曲子那个清澄的声音，反映着发生，这是给我在苦闷之中，发现着我的热将狂之爱，只有苦闷者能找到的爱，只有苛烈之冬能训练出来的爱。

我感谢寒气砭骨之冬，只有在这种"冬"之中，能生热狂之爱，只有在冰雪盖着的森林中，能见冬之美，所以

---

① 三驾马车。——编者注。

我的诗人为我恋爱，祝我的句子说：

密林之上盖着白雪，
她要把她的爱，覆盖着他，
你怎能盖尽他，只有进来到密林中，
来和仙女跳舞。
这是冬天的罗曼。

冬天的不知觉的浪漫也有，我的女友替我写的冬天的文章是这样，她说：

说起冬天，我就得联想到一件事，微小而平凡，人家知道了只多打个哈哈，我却觉得它带给我暖意。

大约在八年前的冬天吧？一个很冷的晚上，天上飘着大雪，白絮般的争先恐后拼命地向地下飘。父亲书室里的大火炉正烧得在兴头上暖暖的似春天，父亲坐在摇椅上吸雪茄，母亲坐在近旁的沙发上和他谈家常，姊妹们散坐着看书做女红，我倚在沙发边上，心中很忙乱地计算着明天到哪儿去拍雪景，突然想起今天送来的新旗袍，枣红丝绒的旗袍，穿了去赏雪是顶好看了。马上奔到卧室去，换上新衣又匆匆地跨进了书室，在母亲面前一站道："母亲，你看我明天穿这衣服去拍照，漂亮不漂亮？张裁缝的本领不差，腰身做得真好，你看。"想着打了一个很快的旋转步子，转得太圆太快了，手碰着书桌的水仙花盆儿，因为来势太猛，盆儿站不住，连花带水地向下跌，盆儿跌得纷纷碎，水往四下里狂奔乱溅，那些小石子更是滚得四处八方的，我的枣红丝绒旗袍上沾了一大堆水渍。小巧玲珑的水仙花盆儿，翠绿得似翡翠，是姐姐从江西带来孝敬父亲的，是父亲的心爱之物，现在完了，可爱的水仙花盆儿！

母亲正看着我笑眯眯的，见我闯了这个祸就正了颜色道："你总是这样捣乱，这样大的人了，还要毛手毛脚地打破东西。这只盆是父亲欢喜的，父亲罚她一下吧？"我偷眼看看父亲，他在皱眉头，然而没有怒容，他待子女最客气，绝不会骂的，更不必说罚了。可是父亲很爽快地回答道："罚她作一篇小品文，题目是夜杂感，今夜交卷，让她静静地坐一歇。"

我不敢撒娇，我不敢还价，一扭身躲到自己卧室中去写，母亲连连喊我在书室中写，楼上冷，怕我受寒，但是我不听从。母亲呀！这一次我真不该辜负你这伟大的爱意，想不到这九年来，我这一生永永地享受不着母亲的暖意，伟大的母爱。

那夜我坐在卧室的小桌子边，满心又气又恨，疼惜这只翠绿色的盆，更疼惜这件新的红丝绒旗袍，一堆水渍糟蹋了一件新衣！手中拿着笔写不出一句文章来。寒气又来侵袭我，手指疼痛到麻木，浑身的骨节酸酸的好像在收缩拢来，人坐不住了，不由得发抖，想下楼去，又不好意思。幸亏母亲饬女仆拿一只热水袋来给我暖手，又说天气太冷，老爷叫小姐睡了吧，文章明天写。我本能地睡进了被窝，实在伏在母翼下的小鸟怎样会受到冷呢。

这给我忆起窦萍在影戏中的快乐可以仿佛看见，这篇现实，表面是个现实，可是事实是个浪漫，只有她描写的现实中，我国人的通病，罚写一篇文章，那是办不成的，此刻八年之后，我因为要写冬的文章，叫这个年轻女友写一段文章，也一样地限她要一天之中写出来，她就能够写出来，原来罚不能写出来，只有爱能够叫她写出来。

冬天，干而枯的树枝向着天，有的像扫着天，有的像夸示着它的树根之勇敢，而在它的下面，已经有青的春草，在热闹地挤着，这春草背靠着树干而不受北风，有仙女在上面跳舞着，所以有暖旺旺的春意，这是我和她。

这样，我们又要想到说：

冬天如果到来，那么春天也不远了。

> **引言**
>
> 说起冬天，忽然想到豆腐。是一"小洋锅"（铝锅）白煮豆腐，热腾腾的。水滚着，像好些鱼眼睛，一小块一小块豆腐养在里面，嫩而滑，仿佛反穿的白狐大衣。锅在"洋炉子"（煤油不打气炉）上，和炉子都熏得乌黑乌黑，越显出豆腐的白。这是晚上，屋子老了，虽点着"洋灯"，也还是阴暗。围着桌子坐的是父亲跟我们哥儿三个。"洋炉子"太高了，父亲得常常站起来，微微地仰着脸，觑着眼睛，从氤氲的热气里伸进筷子，夹起豆腐，一一地放在我们的酱油碟里。

冬　天

朱自清

说起冬天，忽然想到豆腐。是一"小洋锅"（铝锅）白煮豆腐，热腾腾的。水滚着，像好些鱼眼睛，一小块一小块豆腐养在里面，嫩而滑，仿佛反穿的白狐大衣。锅在"洋炉子"（煤油不打气炉）上，和炉子都熏得乌黑乌黑，越显出豆腐的白。这是晚上，屋子老了，虽点着"洋灯"，也还是阴暗。围着桌子坐的是父亲跟我们哥儿三个。"洋炉子"太高了，父亲得常常站起来，微微地仰着脸，觑着眼睛，从氤氲的热气里伸进筷子，夹起豆腐，一一地放在我们的酱油碟里。我们有时也自己动手，但炉子实在太高了，总还是坐享其成的多。这并不是吃饭，只是玩儿。父亲说晚上冷，吃了大家暖和些。我们都喜欢这种白水豆腐；一上桌就眼巴巴望着那锅，等着那热气，等着热气里从父亲筷子上掉下来的豆腐。

又是冬天，记得是阴历十一月十六晚上，跟Ｓ君Ｐ君在西湖里坐小划子。Ｓ君刚到杭州教书，事先来信说："我们要游西湖，不管它是冬天。"那晚月色真好，现在想起来还像照在身上。本来前一晚是"月当头"；也许十一月的月亮真有些特别吧。那时九点多了，湖上似乎只有我们一只划子。有点风，月光照着软软的水波；当间那一溜儿反光，像新砑的银子。湖上的山只剩了淡淡的影子。山下偶尔有一两星灯火。Ｓ君口占两句诗道："数星灯火认渔村，淡墨轻描远黛痕。"我们都不大说话，只有均匀的桨声。我渐渐地快睡着了。Ｐ君"喂"了一下，才抬起眼皮，看见他在微笑。船夫问要不要上净寺去，是阿弥陀佛生日，那边蛮热闹的。到了寺里，殿上灯烛辉煌，满是佛婆念佛的声音，好像醒了一场梦。这已是十多年前的事了，Ｓ君还常常通着信，Ｐ君听说转变了好几次，前年是在一个特税局里收特税了，以后便没有消息。

在台州过了一个冬天，一家四口子。台州是个山城，可以说在一个大谷里。只有一条二里长的大街。别的路上白天简直不大见人；晚上一片漆黑。偶尔人家窗户里透出一点灯光，还有走路的拿着的火把；但那是少极了。我们住在山脚下。有的是山上松林里的风声，跟天上一只两只的鸟影。夏末到那里，春初便走，却好像老在过着冬天似的；可是即便真冬天也并不冷。我们住在楼上，书房临着大路；路上有人说话，可以清清楚楚地听见。但因为走路的人太少了，间或有点说话的声音，听起来还只当远风送来的，想不到就在窗外。我们是外路人，除上学校去之外，常只在家里坐着。妻也惯了那寂寞，只和我们爷儿们守着。外边虽老是冬天，家里却老是春天。有一回我上街去，回来的时候，楼下厨房的大方窗开着，并排地挨着他们母子三个；三张脸都带着天真微笑地向着我。似乎台州空空的，只有我们四人；天地空空的，也只有我们四人。那时妻刚从家里出来，满自在。现在她死了快四年了，我却还老记着她那微笑的影子。

　　无论怎么冷，大风大雪，想到这些，我心上总是温暖的。

> **引言**
>
> 对于一个在北平住惯的人,像我,冬天要是不刮大风,便是奇迹;济南的冬天是没有风声的。对于一个刚由伦敦回来的,像我,冬天要能看得见日光,便是怪事;济南的冬天是响晴的。自然,在热带的地方,日光是永远那么毒,响亮的天气反有点叫人害怕。可是,在北中国的冬天,而能有温晴的天气,济南真得算个宝地。

济南的冬天

老 舍

上次说了济南的秋天,这回该说冬天。

对于一个在北平住惯的人,像我,冬天要是不刮大风,便是奇迹;济南的冬天是没有风声的。对于一个刚由伦敦回来的,像我,冬天要能看得见日光,便是怪事;济南的冬天是响晴的。自然,在热带的地方,日光是永远那么毒,响亮的天气反有点叫人害怕。可是,在北中国的冬天,而能有温晴的天气,济南真得算个宝地。

设若单单是有阳光,那也算不了出奇。请闭上眼想:一个老城,有山有水,全在蓝天下很暖和安适地睡着;只等春风来把他们唤醒,这是不是个理想的境界?

小山整把济南围了个圈儿,只有北边缺着点口儿,这一圈小山在冬天特别可爱,好像是把济南放在一个小摇篮里,它们全安静不动地低声地说:你们放心吧,这儿准保暖和。真的,济南的人们在冬天是面上含笑的。他们一看那些小山，心中便觉得有了着落，有了依靠。他们由天上看到山上，便不觉得想起：明天也许就是春天了吧？这样的温暖，今天夜里山草也许就绿起来吧？就是这点幻想不能一时实现，他们也并不着急，因为有这样慈善的冬天，干啥还希望别的呢。

　　最妙的是下点小雪呀。看吧，山上的矮松越发的青黑，树尖上顶着一髻儿白花，好像日本看护妇。山尖全白了，给蓝天镶上一道银边。山坡上有的地方雪厚点，有的地方草色还露着，这样，一道儿白，一道儿暗黄，给山们穿上一件带水纹的花衣；看着看着，这件花衣好像被风儿吹动，叫你希望看见一点更美的山的肌肤。等到快日落的时候，微黄的阳光斜射在山腰上，那点薄雪好像忽然害了羞，微微露出点粉色。就是下小雪吧，济南是受不住大雪的，那些小山太秀气。

　　古老的济南，城内那么狭窄，城外又那么宽敞，山坡上卧着些小村庄，小村庄的房顶上卧着点雪，对，这是张小水墨画，也许是唐代的名手画的吧。

　　那水呢，不但不结冰，反倒在绿萍上冒着点热气。水藻真绿，把终年贮蓄的绿色全拿出来了。天儿越晴，水藻越绿，就凭这些绿的精神，水也不忍得冻上；况且那长枝的垂柳还要在水里照个影儿呢。看吧，由澄清的河水慢慢往上看吧，空中，半空中，天上，自上而下全是那么清亮，那么蓝汪汪的，整个的是块空灵的蓝水晶。这块水晶里，包着红屋顶、黄草山,像地毯上的小团花的小灰色树影。这就是冬天的济南。

树虽然没有叶儿,鸟儿可并不偷懒,看在日光下张着翅叫的百灵们。山东人是百灵鸟的崇拜者,济南是百灵的国。家家处处听得到它们的歌唱;自然,小黄鸟儿也不少,而且在百灵国内也很努力地唱。还有山喜鹊呢,成群地在树上啼,扯着浅蓝的尾巴飞。树上虽没有叶,有这些羽翎装饰着,也倒有点像西洋美女。坐在河岸上,看着它们在空中飞,听着溪水活活地流,要睡了,这是有催眠力的;不信你就试试;睡吧,绝冻不着你。

要知后事如何,我自己也不知道。

> **引言**
>
> 　　大雪天日中到外面去看过一回雪景，回家来扫清身上的积雪，吃过晚饭，关起门从容地来读禁书，这是金圣叹所赞美的人生一乐。我们从明末以来正有的是这样的奇书，也许你并不难谋得一两本留到雪夜闭门来读，那时你对于禁书的价值一定更要理解，而对于冬天的趣味，一定更要爱好了。

冬天的情调

钱歌川

　　柳叶欲枯，还有长条在风中摇曳；菊花残了，犹剩几枝抗傲着严霜，秋天老去，如果有着晴和的天气，即算日历上告诉我们已经到了立冬，我们决不相信今年冬天到了。直到一个礼拜天的早晨，我坐在客厅中翻阅当日的报纸，忽觉到一片片的冷风钻到我的颈项中来，我疑心是北窗没有关好，举目环顾一下，室中所有的门窗都紧闭着。这才怪啦，风从什么地方来的呢？

　　在夏天的时候，我们把所有的门窗都打开，还邀不到一丝风进来，现在四围都关好，倒有风了。我只得寻着风所自来的方向去看，原来是从窗户的隙缝中进来的。那隙缝窄小得透不过光，但冷风却仍旧可以长驱直入，直吹到坐在离窗口七八尺远的我的颈项中来。这时我才相信确是冬天到了。走出庭前去看，两株天竺子果然由墨绿变得鲜血一般的红，一点点洒在灰暗的绿叶上，预备去应冬至的节景,好在人前骄傲一回。

　　人们总是不肯爱惜自己现在的处境,做学生的,羡慕人家在社会上办事;等到自己出了学校入社会任职时,又羡慕无牵无挂的学生。到了夏天,说他宁喜欢冬天;到了冬天,又觉得还是夏天好。其实无论什么事,绝不能尽善尽美,有好处当然也有坏处。我们如果隐恶扬善,只看它的好处而不看它的坏处,那么,居之自安,而凡事都能得到其中的乐趣了。

　　现在又是冬天了,所以我要对你说,我爱冬天。无论它的寒风怎样刺骨,它的阴霾怎样闷人,无论它的白怎样短促,无论它的暗夜怎样凄凉,我仍旧爱它,我爱它就是因为现在我在它的怀抱里。

　　冬天早眠的滋味,是可意会而不可言传的。夏天的午睡,如果是在清风徐来的绿杨堤畔,树梢有断续的蝉声在唱着歌,脚底有潺潺的流水在奏着乐,心中无半点挂虑闲愁,身畔有凉床一架,蒲扇一把,再携一卷靖节①的诗,低吟到不知不觉之中一枕睡去,个中滋味,可想而知。冬天的早眠,情形当然和这不同,但此中之乐也就不减于夏天的午睡。试想从一个漫漫的长夜中睡了醒来,便有啁啾的小雀在屋檐前窃窃私语——你就说它是轻弹的琵琶,或是曼陀林的小曲吧!在若有若无之中送入你的耳鼓。

---

①　靖节指靖节先生陶渊明。——编者注。

太阳光从窗帘缝中窥进来，使你不敢把眼睛睁开来回看它，偶然眯着眼望一望，你至多只能看见窗玻璃上凝聚着的一层水蒸气，隔断了窗外的世界，使你只好重新闭上眼睛，而想起夏天早晨所见的花草上的那一层薄薄的露水。或甚至疑心自己乘着陆放翁的烟艇在雾锁的湖上荡漾，于是乎一幕幕的良辰美景便在眼前展开着，你可以嗅到水新莲的清香，看到各种野花争妍斗艳的颜色，乃至起伏的朝云，隐现的山峰，小舟荡来惊起了戏水的群凫，一齐飞去，没入烟波深处；直到太阳驱散了晨雾，把眼前的湖光山色毕现出来的时候，你朝南的卧室中已被阳光占满了。

　　这时便再不能做那些白日之梦了，只好细细地来咀嚼透尝早眠的滋味，温暖的被褥好像青春一般地令人留恋，你当然不能再睡去，你也不想再睡去，怕的是无意识地度过这青春，你只愿睁开眼睛躺在床上，看看窗上的朝阳，或是壁头的字画，或望着白白的天花板，或甚至什么都不望，只把眼睛向着空间，来回想着昨日所经过的趣事，以及今天所想做的事情。你如果是文人的话，这时便要为你的文章作腹稿，怎样开头，怎样起伏，怎样结末，从头到尾都想好，只等起身动笔。

　　事情想过了，便不妨再闭上眼睛静静地睡一盟，这时便如从幻想回到现实来了一样，再度地体验着被褥的温暖，这时候的感觉我不大能够说得出来，好在这种经验是人人都有的，也用不着我说。不过有一点得说明，同在早眠中闭上眼睛（当然不是指睡着了而言）与睁开眼睛，是大有分别的。你和情人接吻，若是睁开眼睛环顾着四周，即是说提防着要被人看见，你的注意力自然不能集中，一定不能充分地尝到接吻的味道；要知道吻的真味，接吻时非闭着眼睛不可。贪着早眠的人也正和这一样，他明明没有睡着，但他也总是闭着眼睛的。视觉和触觉，不能相生而反时常相杀，这儿也可以得到一个证明。

冬天的太阳是人人都感着极可爱的。礼拜天的上午吃过早饭大家坐在太阳中闲话，或是找点极不重要的事情做做，或是弄点小小的点心吃吃，忙里偷闲，格外有趣。

你要是住在乡下的话，这时便可走出到町畦上去，看长天中飘忽的白云，田地上傲霜的野草，而透明的空气正招待着一个透明的心怀，枯叶无声地落到你的脚边，你才感到果然有一片微风掠过你的面颊。银杏经霜而变得金黄的叶子，远远望去就像一树黄金在太阳光中闪耀，谁说冬天的原野是空虚的呢？

广东、福建一带的人偶然跑到北方或长江一带来，遇到下大雪的天气，他们是要觉得非常可惊喜的，他们平生第一次看到雪，无怪其惊异，就是我们从小就住在降雪地带的人，每逢大雪，也要感到很大的趣味。有时早晨起来朝窗外一望，一切全埋在白雪之下，仿佛把人们所有的污秽都掩盖了。

我常爱在大雪天出去踏雪，满以为留下了一些足迹在地上，等到你回头看去早已莫辨来时路了。茫茫天地间，小小的人迹，是随时可以埋没的。我们若能大步踏去，倒也能得到一种飘然之感。四围的树木和房屋都立着不动，凝视着雪花的飞舞，而我们竟能置身其中，合着那种无声的旋律，一块儿来舞，你想这是多么有趣的一回事啊。

大雪天日中到外面去看过一回雪景，回家来扫清身上的积雪，吃过晚饭，关起门从容地来读禁书，这是金圣叹所赞美的人生一乐。我们从明末以来正有的是这样的奇书，也许你并不难谋得一两本留到雪夜闭门来读，那时你对于禁书的价值一定更要理解，而对于冬天的趣味，一定更要爱好了。

春天像一个穿红着绿的乡下姑娘，实有点俗不堪耐；夏天像一个臭汗焕发的粗野武夫，令人不敢向迩；秋天像一个风韵犹存的半老徐娘，虽然也有几分爱娇可喜，但仍不及冬儿姑娘的庄严肃穆，态度娴雅，她没有一点轻浮的颜色，而富有坚强的意志。她能吃苦耐劳，仿佛浑金璞玉一般，有才不露，使人莫明其宝。

你试想孤舟蓑笠翁，独钓寒江雪，不是一幅最美的冬天的图画吗？

再试想晚来天欲雪，能饮一杯无？不是一种最美的冬天的诗境吗？

这些诗情画意，都传出了冬天一部分的真面目来，但这绝不是全部，你要知道冬天的乐趣，除了前述的一些零星体验而外，绝不可忘了冬夜的围炉。那是冬天最后的乐园，无论贤愚贫富，都莫不以此为归。我们为衣食在外奔波了一天，饱尝风霜的凌虐和工作的逐迫，黄昏时抱着一颗冻馁的心回到家来，唯一的希望就是妻儿的慰藉，试想这时与家人围坐在一盆熊熊的炉火旁，乐叙天伦，温情可掬，不仅烤热我们的身子，同时也温和了我们的内心，白天的疲劳，好像成了别人的事，屋外的寒风也就失了它的威胁了。

　　一炉火，一壶茶，便可以使我们精诚团结，夜深不散。即算那最有传染性的呵欠，一再地来催我们，谁也不肯首先离去。深刻的冬天所给我们的指示，也许要算这个为最有意义的了。现在正是冬天，外面风刀霜剑，我们大家和乐地团结起来吧。

> **引言**
>
> 我爱台南，尤其爱台南的冬天，爱它气候温暖如春，爱它树木葱茏如夏，爱它明朗如秋的高爽，爱它恬静如冬的蛰伏。四时的优点，都集中在此时此地。朋友，我在等你来此同过冬天。

台南之冬

钱歌川

未来到台湾以前，我们只知道台湾是在南国，天气必然很热，居民不知雪为何物，冬衣是用不着带的；及到台湾以后，才知并不尽然，我拿过去居住新加坡的经验，来衡量台湾，就有很多不当的地方，尤其是对于冬天，完全估计错误了。

台湾地方虽小，但并不是在同一温带上，台南虽是热带，而台北却只能称为亚热带。我在台北住了三四年，雪确是没有看见下过，到深冬的时候，本地妇女虽在寒风中缩瑟着，但木板鞋上，始终是一双赤脚，上身至多不过是增添两件单衣罢了。

以前的台湾，一般人都很穷苦，也可以说是俭朴，从来不穿考究的衣服，直到后来，才把大陆上的风气带来。妇女们是最善于追逐时髦的，旗袍便代替了短衣短裙而流行起来，穿绸缎的也日见增加了。

入冬以后，她们也就搁下了过去那种短褐，而换上了毛织品的大衣，毛线织的上衣也跟着普遍化了。现在连做工的女孩子，也不甘落后，到了冬天，也要披上一件大红或大绿的呢短大衣，脚上穿的是纱袜皮鞋，俨然是一位高贵的小姐。有时全身都穿得漂亮，可惜一双疮痍满目的小腿，仍然是拖着一副木板鞋，使初来的先生们，看去有美中不足之感。

在台湾生长的女孩子，尚且欣然接受了毛呢大衣的温暖，你新来台北，如果把冬衣丢掉了，那过冬就够你受了。台北虽地处亚热带，但到了冬天，确有几分寒冷，每年过了圣诞节以后，我照例要把冬大衣披上才敢出门。在寒带的伦敦过冬，我也不过是穿的这几件衣服，无须着皮大衣。

有人说穿衣服的多寡是有习惯性的。比方说在盛夏，你即便脱光上身，打着赤膊，也仍然是热。我们穿惯了汗衫的人，甚至用不着挥扇，也并不见得汗流浃背。到了冬天，你如果穿惯了皮袍，似乎就非皮袍不暖。我已有十五年没穿皮袍了，有时住在热带，有时住在寒带，都不觉得有穿皮袍的需要，然而，以前住在温带的大陆，每年过冬却非有它不行。

穿衣虽与习惯有关，但也不过五十步与百步之分，一件厚呢大衣和皮袍比较，其实相差不了多少。如果你在台北也能穿厚呢大衣的话，你就穿皮袍，也不会使你热得发烧。现在你只消举目一望台北的街头，就会发现并不是少数人特别怕冷。台北的冬天，的确是相当冷的。虽则台北处于亚热带，即便是生长于本岛，但其中也有一些人到了冬天，竟至于像候鸟一般，迁居到台南去避寒。居住在亚热带的人，居然说出避寒的话，起初一听，使人感到有些惊异。其实，只要你在台北度过一两个冬天，就会忘记那是亚热带，与其在台北穿上厚重的呢大衣，倒不如到台南过冬舒服。

台南，可以说是南国最好的气候，其冬天是值得赞美的。在马来亚，一年到头都穿单衣，那四季如一、日夜差别不大的华氏八九十度的气候，使人特别疲倦，任何事物如果永远没有变化，你难免感到厌恶，更何况那么炎热的天气。在寒带地区，总是阴沉沉的天气，凄凄冷冷，当然也不舒服，就是气候最好的温带，也还是冬寒夏热，不能四季皆春。昆明的天气最好，就在于它夏天不热，冬天不冷，一年到头，能保持差别不大的温度。至于春秋佳日，在温带地区当然到处都是好过呢。

台南地处热带，夏天有点热，那是当然的，但我觉得并不比台北热多少，不过热的时日长些罢了。台南入冬以后的天气，确是最合乎我们的理想。现在你住在台北，不仅感到天气很冷，距大地回春之候，似乎尚早，而且每天的凄风苦雨，出门鞋袜尽湿，有时满路泥泞，实在叫人难受。我告诉你，台南就没有这种现象。

从去年九十月起，直至今年三四月止，有大半年的时间，几乎无日不是晴天，天朗气清，惠风和畅，很少有下雨的时候。你一早起来，开窗外望，只见红日正升腾在东边的墙上，碧天如海，没有一羽白鸥，来划破这无穷尽的蔚蓝。此刻温暖的棉被，对你并无多大的魅力，一睁眼，就想跳下床去，投入清新的大自然的怀抱中。

这儿的各种树木，都是常绿的，而且不断地在抽芽，在开花，在结实。我家后园有两三株木瓜树，正一层层地在黄熟。在树上熟的木瓜，特别可口，仅比屏东所产的略为小点儿，但一样有香有色，有益于胃，有福于口。每逢朋友来了，我们就临时从树上摘取一个来飨客，那金黄的颜色和浓郁的香味，连素不爱吃木瓜的人，亦为之心动，想要尝试一脔。至于台南的芒果，也是几乎家家户户都栽种的，可惜冬天不当时令。

冬天虽不下雨，但台南的空气并不干燥，既不像兰州一带干得使人鼻孔出血，也不像星洲那么潮湿，什么都发霉。这儿的湿度，只会使空气不干燥，并不至于使衣物发霉，天公的这种适度的调节，真是为台南人造福不浅。

其实，住在台南的人，有时反而希望天下点雨，好把地上的沙尘压住，免得一刮风沙土到处飞扬，同时走路行车，也都方便平稳了。整个台南建筑在沙土上，入地数丈，不见泥土。如果不用石子，或柏油马路把地面的沙盖住，经太阳一晒，它就松浮起来，脚踏上去好像有弹性似的；脚踏车滚过，它连忙让开似的，使你非下车不可。无论多大的雨，倾泻在台南市上，也绝不泛起一点泥浆，而是很快地被吸收进去，使散沙紧紧地团结起来，构成一条既好走路，又好行车的通道。所以，我说台南即使大雨倾盆，也不至于出现像台北那样泥泞满地的现象。

现在正是仲冬时候，三个月来，只有前天雨才洒下稀疏几滴，除了柏油路上突然光亮，其他地方却看不见水的痕迹，天气也并不因此而冷下来。我每天看寒暑表，知道日夜气温的差距很小，现在总不外乎华氏七十度上下，可说是既不冷，也不热。你若有春大衣，出门时穿上一件固然无妨，就是穿夹衣也不会着凉，还有人穿单衣在太阳底下走着呢。

我爱台南，尤其爱台南的冬天，爱它气候温暖如春，爱它树木葱茏如夏，爱它明朗如秋的高爽，爱它恬静如冬的蛰伏。四时的优点，都集中在此时此地。朋友，我在等你来此同过冬天。

> **引言**
>
> 　　冬天是安静的。当我抬起头望着窗外，看见天空与树枝的时候，我就要中止我的谈话，如若这屋里有一个客人；或者闭起我的书，无论它是不是一本紧握住我的心思的。天空仿佛永远是灰色的、纯净、普遍。

冬 天

南 星

　　冬天是安静的。当我抬起头望着窗外，看见天空与树枝的时候，我就要中止我的谈话，如若这屋里有一个客人；或者闭起我的书，无论它是不是一本紧握住我的心思的。天空仿佛永远是灰色的、纯净、普遍。树枝稀疏地排列着，有的负着几片变了色的叶子，它们与天空完全调和，互相依傍着，酣然欲睡的样子，其间流溢出一种愉快的沉默。凡过冬天的日子的，都应当有冬天的性格。你不安静的人，无论住在什么地方的，看一看窗外吧，看那树枝与天空吧。

　　我曾在几个地方遇到冬天，冬天的神情总是一样的。它安然地徐步而来，不隐藏也不张扬地站在我的窗外。我认识它，我对它比对一切别的东西更熟习，我们的交谊深挚、长久。那浮着碎云的天空，与凄凉地负着黄叶的树枝，都有冬的安静与柔和，洗掉它们污浊的颜色，脱去不整齐的衣服。冬天的沉默是可赞美的，不是完全没有声音，而是那声音绝不刺痛你的耳。暴风稍有来到的时候，那些喧噪的夏与秋的歌者都隐匿了，我甚至回忆不出它们的调子。

从早晨到晚上，必须经过很长的一段时间，才听见一个小贩的长呼，一声麻雀的啾叫。它们都是轻细而且隐约的，像在远处。另外是烟或水汽冲入天空的声音，它们需要深切的听觉上的注意。

但这一个冬季有过一个异样的日子，仿佛故意地给我一次惊吓或试探，在我们初见的时候。就在前一天，那个早晨，我带着温暖的愉快开了屋门，看见地面变得阴湿了，天在落雨。我退回来，找出我的伞，带着一种新奇的心情把它展开，然后走进院里，听着伞的声音，几乎以为另是一个季节了。当我走在街路上的时候，雨点变作雪团，而且渐渐地转了方向，正对着我的身子。（后来我发现前面的衣襟都湿透了，除了最上身的一部。）雪团接触到地面便消融了，泥水积在整个的道路上。阴湿的感觉那时候我不很留意，我只惧怕着袭来的寒冷。风吹起来，我却喜欢它是没有声音的。我的手似乎僵硬了，几乎失去了举伞的力量。让我更其惊讶的是河沿上已积满了叶子，湿透了，毫不动转地偃伏着，那一片片暗黄的颜色把河沿装饰成一个生疏的地方。那一天以前，我看见河沿上还很干净，柳叶与槐叶在枝上留着。我思索着，我怀疑一早的雨雪有这么大的力量。寒冷又加重了，仍然攻击着我的手。前面同样的，落叶夹着泥水，那一条道路变得意外的长，对面的房屋，模糊、遥远。我听见雪打在伞上，簌簌地响，声音中混杂着沉闷与忧伤的调子。没有另外的行人，道路更显得荒凉了。我觉得自己是一个旅客。我热切地四顾，愿意发现一个小店，我就可以进去停息一会儿，紧紧地闭上门，但不久我到了真实的所要去的地方，进了屋，隔窗向远方望去，有一列密集的山峰，大部被雪盖住了，那儿的寒冷直临到我的心上。

  想来是很足以安心的，这异样的日子已经过去了。当我从床上醒来在温暖的炉边缓步的时候，那些记忆便疏淡起来，像不是我所经历过的。窗外的树枝、天空，仍然是柔和的，而且有可喜的阳光守护着它们。想到这只是冬天的开始，后面还有许多它的日子，心里即刻愉快了，于是开了门，预备到院里去。